谷崎潤一郎

谷崎润一郎

春琴抄

赖明珠 译

上海译文出版社

目　录

春琴抄

春琴，本名鵙屋琴，生于大阪道修町的药材商家，殁于明治十九年十月十四日，墓地设在市内下寺町净土宗[1]的某寺中。前几日我经过附近，忽然想去参拜一下墓园，于是走上前去请求指引，寺中男子说道“鵙屋女士的墓地请往这边”，于是便带我往本堂后方走。只见一丛山茶树下排列着几座鵙屋家历代的墓碑，却未能见到像是琴女的墓。奇怪，从前听说有鵙屋家姑娘的啊，那么她的墓呢，男子想了一下又道：“难道那边才是吗?”便又带我往东边陡峭的坡道走上台阶。众所周知，下寺町东侧后方是生国魂神社所在的高台，因此现在这陡峭的坡道便是从寺院境内往那高台延伸的斜坡，此处以大阪来说也算是树林难得如此茂郁的地方，琴女的墓便建在那斜坡半山腰整平的一片空地上。墓石表面刻着法名光誉春琴惠照禅定尼，背面铭记俗名鵙屋琴，号春琴，明治十九年十月十四日殁，行年五十八岁。侧面，刻着“门生温井佐助建暨刻之”。琴女虽毕生冠以鵙屋家姓氏，但或许由于事实上与“门生”温井检校[2]形同夫妻，因此与鵙屋家冢分开，另择一处单独辟为墓地吧。据寺男说鵙屋家早已没落，近年少有族人前来扫墓，而且几乎没有人来祭拜琴女的墓，才一时之间未曾思索这是不是鵙屋家的人。那么这逝者岂不成了孤魂吗？他说，倒也不然，一位住在萩之茶屋、年龄约莫七十的老妇人每年还会来参拜一两次，那妇人首先拜过这墓，然后，您瞧，那边不是还有一座小墓吗？他一面指着墓左侧的另一座墓一面说，接着那位妇人一定也会在那座墓前上香膜拜，诵经费一总也是由那位老妇人奉献的。寺男指的，是墓左侧另一座小墓碑，墓石约仅琴女墓的一半，如鞠躬状谦恭侍坐着。正面刻着真誉琴台正道信士，背面刻有俗名温井佐助，号琴台，鵙屋春琴门人，殁于明治四十年十月十四日，行年八十三岁。这座墓就是温井检校之墓。关于萩之茶屋的老妇人往后还会提到，在这里就暂且不说。只是此墓与春琴之墓相较之下不但矮小，且墓石上明白记载乃属门人，从这点足以看出检校死后仍要谨守师徒之礼的遗志。这时正当夕阳红红，照在墓石表面，我伫立在那山丘之上眺望脚下辽阔的大阪市景观。说来这一带正是难波津自古以来就有的丘陵地带，朝西的高台由这里一直延伸到天王寺的方向。而且现在由于煤烟熏染，草木茎叶已失去盎然生气，蒙上一层尘埃，有些枯萎的大树甚至令人感觉颇煞风景。想象当初这些墓碑刚建的时分，树影该是更苍郁吧。不过现在以市内的墓地来说，这一带仍属最清静而视野最开阔的地方。陷入一段奇异因缘的师徒二人一面俯视着夕霭底下无数高楼林立的东洋第一工业

---

① 以法然为开宗祖师的佛教一派。信仰阿弥陀佛的本愿，唱诵南无阿弥陀佛的名号可往生净土。

② 给予男子盲人的最高官名。室町时代为保护盲人订定盲人职业。细分几个职业阶级，最高位即检校。本来是平家琵琶演奏者的官名，逐渐演变成对盲人的尊称，也是对地方曲调和筝曲师父的尊称。

大都，一面永久长眠于此。而且今日大阪早已大为改变，不复检校在世当年的旧观了，唯有此二墓碑今日看来仿佛依然正以不浅的师徒之契彼此交谈着一般。据说原来温井检校老家本属日莲宗[①]，除检校以外温井一家之墓皆设在检校的故乡江州日野町某寺。显然检校已舍弃父祖历代的宗旨改奉净土宗，即使化为墓石也不愿离开春琴女身畔，这是出于殉情之意，因而在春琴女尚在世之时，早以师徒的法名，立定此二墓碑的相对位置、尺度等。目测春琴女的墓碑高约六尺，检校的才大约不到四尺。两座石碑并排立于石砌坛座上，春琴女之墓右侧植有一棵老松树，苍翠枝叶伸出覆盖，有如屋顶，而那松枝尖未能到达的左方离开二三尺的地方，检校的墓则如鞠躬般谦恭侍坐一旁。如此可以想象检校生前体贴入微地师事、形影不离地扈从时的模样，仿佛石头有灵，今日依旧沉浸于那幸福之乐中。我在春琴女墓前跪下恭敬行礼后，伸手放在检校的墓碑上，一面爱抚着那石头一面在山丘上徘徊留连直到夕阳沉入大市街的彼方为止。

近来我手头得到一本叫做《鵙屋春琴传》的小册子。这是我知道春琴女的由来。然而此书是以活版印刷四号字体印在生漉和纸[②]之上，大约三十页左右的文章。我推察应该是春琴女三周年忌日时，由弟子检校委托某人为师父撰成传记分送相关人士的吧。

---

① 以日莲为开宗祖师的佛教一派。奉《法华经》，唱《南无妙法莲华经》。
② 单纯以黄瑞香、小构树、剪夏罗为原料制作的和纸。

至于内容，是以散文体撰写，提及检校，虽以第三人称，不过从传记内容推测应该是由检校口头讲述的，因此本书作者其实不妨视为检校本人。依据传记所述，“春琴之家历代称为鵙屋安左卫门，世居大阪道修町经营药材买卖。至春琴之父已第七代也。母茂女出身京都麸屋町之迹部氏，嫁入安左卫门家，育有二男四女。春琴乃其次女，生于文政十二年五月二十四日”。又曰：“春琴自幼颖悟，加以容姿端丽高雅，无人可比。四岁前后即开始习舞，举措进退之法自备一格，举手投足之间优美艳丽亦为舞伎所不及，连师父都往往咋舌称许，此儿堪怜，如此资质来日应可期待赢得天下骄名，唯生为良家子女真不知该称幸或不幸。又自幼开始学习读书写字之道，进步神速甚至凌驾二位兄长之上。”这些记载若出于视春琴如神的检校，就不知该采信几分才好，不过她天生容貌“端丽高雅”倒是可以从各种事实获得印证。当时妇人似乎大体身长较矮，据说她身高也不到五尺，举凡颜面手足都非常纤细，用具亦极为小巧。从留传至今的春琴女三十七岁时所拍摄的照片看来，轮廓端正的瓜子脸上，眼鼻小巧，仿佛一一都是可爱的手指捏成而可能瞬间将消失般柔软细致。多少因为是明治初年或庆应[①]前后所拍摄的关系，有些地方已出现零星斑点，仿佛昔日遥远记忆已然淡化，或许也令照片中人看来似将飘飘而去，那朦胧的照片除了可以看出大阪富裕商家妇人的气质之外，虽然美丽却没有明显的个性闪光，感觉印象淡薄。年龄要说三十七岁也像，

① 江户末期的年号。元年至四年(1865 年 4 月 7 日—1868 年 9 月 8 日)。其后改元成明治。

要说二十七八岁也未尝不可。此时的春琴女双眼失明已经二十多年，但与其说是盲目不如说看来像闭着眼睛一般。过去佐藤春夫[①]曾经说过聋者看来像愚人，而盲人看来则像智者。因为聋者想听清楚别人说的话而皱起眉头张开嘴巴睁大眼睛歪着脖子抬起头来，好像有点痴呆的样子，然而盲人则安静端坐微微低头，仿佛瞑目沉思般，因此总显得像是在深思熟虑。到底一般说来是否这样，虽然不得而知，不过有一点，佛陀菩萨的眼睛，所谓以慈悲慧眼俯视众生的慈眼总是半闭的，因此看惯之后也许我们就觉得比起张开的眼睛，闭上的眼睛更显得慈悲感恩，有时甚至令人敬畏吧。于是春琴女闭着眼睑，便也令人感觉像格外温柔优雅的女人，如膜拜旧画像里的观世音般，幽微慈悲。据说春琴女的照片仅此一张而已。她幼年时照相术尚未传入，拍摄此照片的同年又因偶然遇到灾难，从此之后应该是绝对不再拍照了。因此我们只能凭这一张朦胧的影像推想她的风貌，别无他法。读者读过上述说明之后，不知脑海将浮现何许容貌，恐怕唯有意犹未尽的模糊形象吧，即使能够实际看到照片，也可能无法更清晰明了，或许照片还比读者的空想更模糊不清也未可知。回想起来，她拍完这张照片那年也就是春琴女三十七岁之际，检校不久也成为盲人，因而可以想成检校在世间最后所看到她的容貌也就是这样的形象了。那么晚年留存检校记忆中她的容颜可能也像这张照片一般模糊不清也不一定。或者逐渐淡化的记忆仍凭着空想逐一补充，塑

① 佐藤春夫(1892—1964)，诗人、小说家。生于日本和歌山县。著作有诗集《殉情》和小说《田园的忧郁》等。

造和这张照片全然相异的另一位高贵女子也不一定。

《春琴传》继续说，“双亲视琴女如掌上明珠，唯独宠爱此儿有加，超越其他兄妹五人，然琴女九岁时不幸染眼疾，不久两眼遂完全失明，父母悲叹异常，母亲因吾儿可怜而怨天尤人，一时之间几近疯狂。春琴从此只得对舞技断念，终于专心励志勤练三弦琴艺，一心志向丝竹之道”。说到春琴的眼疾到底因何缘故并不清楚，传记中除此之外也没有多加记载，不过后来检校对人说道这真是树大招风，师父无论才貌艺能皆高人一等，因而一生之中两度遭人嫉妒，师父的不幸命运都因这两次灾难，思想起来其中恐怕暗藏隐情。检校又说师父得的是风眼。春琴女因深受宠爱长大，难免有些骄傲的地方，不过言语举动可爱娇美，对手下仆人都体贴有加，个性开朗豪爽，待人和善亲切，兄妹和睦，一家人都和她亲密相处，唯有跟随最幼小妹妹的乳母认为双亲太过偏爱于她而颇为愤慨，因而暗中怀恨。所谓风眼正如大家所知乃花柳病的病菌侵入眼中黏膜时所生的眼疾，因此检校话中含意，似乎暗指此乃乳母以某种手段令她失明。然而这到底是确有根据或只是检校一人自己凭想象而说的并不清楚。从她往后岁月性情激烈的气象观察，或许可以猜测这样的事实对她的个性造成颇大影响也未可知。不过并不限于这件事情，检校说法中，或许有因过于感叹春琴女的不幸，而在不知不觉间生出伤害或埋怨他人的倾向，不宜一概贸然轻信，有关乳母一事也恐怕只是揣摩臆测而已。总之在这里特地不再过问原因，只要记得九岁时目盲便已足够。于是“春琴从此只得对舞技断念，终于专心励志勤练三弦琴，一心志向丝竹之道”。换句话说春琴女的心思转向沉潜于音曲方面是因为失明的结果，她自己也知道自己真正的天分在于舞蹈，据说她常向检校述说心怀，有人夸赞我的琴与三味线[①]是因为对我有所不知，如果眼睛看得见的话，自己绝对不会往音曲的方向走。这乍听起来言下之意似乎一半也像在说连自己原不擅长的音曲都能有此成就了何况其他，由此也可窥见她傲慢的一端。无论这话是否多少也经过检校一番修饰，不过至少她任凭一时情绪有感而发的只字片语，他都感铭在心仔细听取，一味认为由此可见这话具有重大意义，足以证明她有多么非凡，或许不无这样的嫌疑。前面所提住在萩之茶屋的老妇人名叫鴫泽照，是生田流的勾当[②]，这人长久跟随晚年的春琴与温井检校左右，她说虽然据说师父(指春琴)擅长舞艺，但她的琴和三味线也是从五六岁时就开始请一位名为春松的检校指导，从此以后一直勤练，因此并不是盲目之后才开始学习音曲之道的，当时的习惯，好人家的姑娘都从很早就开始学习才艺。我知道师父在十岁的时候光听到那首非常困难的《残月》[③]名曲就能暗记下来然后独自以三味线试弹出来。如此看来音曲方面应该是她与生俱来的天赋异禀，实在不是一般人所能模仿得来的。只是盲目之后没有其他娱乐，便更深一层地走入这条道路，全副精神都专注在上面了。可能这种说法比较真实，因此她的

---

① 即日本的三弦琴。

② 生田流是琴(如大型古筝)曲的一派，江户中期，由京都的生田检校(1656—1715)所创始。主要在关西地方流行，与关东的山田流齐名，但后来逐渐不以琴而以三味线为主。勾当原来是官名，仅次于检校，由于女性不容许成为检校，因此是女性中的最高位者。但明治四年废除此官，以后只有生田流内还私下留有这种称呼。

③ 为地方曲名，大阪的峰崎勾当悲叹心爱弟子之死，为一周年忌日追悼祈福所作的曲子，成为广为流传的名曲，过门间奏尤其是精彩力作。

真正才华其实可能一开始就已经表现在音乐方面，至于舞蹈方面到底达到何许程度反而令人存疑。

虽然全副精力都贯注到音曲之道，但因为她的身分并不需要担心生计问题，因此最初可能没有考虑到要以这个为职业，后来她会以琴曲师父的身分自立门户，其实是另有原因，就算这样往后她也并不以琴艺维持生计，每月从道修町本家送来的钱就已经多得无法想象，然而因为她的骄奢浪费，以至于入不敷出。那么刚开始可能并没有特别为将来打算，只是纯粹任凭喜欢，就一心努力精研琴技，然而天赋异禀加上热心精研，因此据载“十五岁时春琴的技艺已有大幅进步，超越同侪之辈，同门弟子之中竟无一人实力可与春琴比肩者”，恐怕也是事实。鴫泽勾当又道师父经常相当自豪地说，春松检校虽然是教授相当严格的人，不过我自己从来没有感觉受到斥责，反而是受到褒奖的时候比较多，我每次去上课师父都亲自为我指导，真是非常亲切温和，我真不明白害怕师父的人是什么样的心情。说起来春琴之所以会不知道什么是修行之苦而能修炼达到那样不凡的境界，应该还是天赋异禀吧。因为春琴是鵙屋世家的千金小姐，再怎么严格的师父都不可能像为了教育想成艺人的孩子般，以过激的待遇施加在她身上，或许只稍用几分心力指点而已，加上她生于富裕之家却不幸盲目，为师的可怜少女庇护之情在所难免，不过更重要的是师父检校也爱惜她的才华，为她倾心着迷。关心春琴的身体比自己亲生儿女更甚，偶有微恙缺席时，还会立即派人到道修町去或自己拄杖前去探望。经常以拥有春琴这样的弟子为荣，向人夸赞有加，当着大群聚集前来学琴的艺伎门徒们公然说道，你们要以鵙屋丝桑的琴艺作榜样（注：大阪称呼“小姐”为“伊朵桑”或“朵桑”，特别称呼姊妹中的小妹妹为“小伊朵桑”或“可依桑”以有别于大姑娘[①]，现在依然这样。春松检校也曾经亲手指导过春琴的姐姐，和他们家庭颇为亲近，因此如此称呼春琴吧）。不久之后必须靠这一技之长维持生计的众学姐们竟然不如一个初学的可依桑，说来不免感到心虚。又如有人埋怨师父太过于怜惜照顾春琴时，他怎么说呢？他道为师者教授时严格是为学生设想，我不责备这孩子才是不为她好，这孩子天性对琴艺之道聪明颖悟，因此放任不管也自然能进步到该到的程度，如果真正用心督促的话会更加速使她成为后生可畏的弟子，让将以此为本业的其他弟子同感难堪，何必对一个生长在好人家不必为生计忧虑的姑娘家那么严格教导呢，不如对生性迟钝的人多加一份心力使其成才，将来好独当一面自力更生，你们怎么这样不了解我的用心呢？

春松检校家在韧这个地方，距离道修町鵙屋的老铺大约十丁[②]左右，春琴每天由小学徒牵着手走路去上课。说到这位学徒，就是当时被称为佐助的少年，也就是后来的温井检校，他和春琴的因缘就是从这时结下来的。佐助正如之前所述生于江州日野，

①“伊朵桑”日文为“糸さん”，“朵桑”为“とうさん”，“小伊朵桑”为“小糸さん”，“可依桑”为“こいさん”。皆为大阪方言，故音译。

② 与十町同，町是尺贯法的距离单位。十丁约一公里多一点。

老家同样也经营药材铺，父亲和祖父在年少学习时代也都曾来到大阪在鵙屋当过丁稚[①]学徒，因此鵙屋对佐助来说可以称得上是历代主人家。他比春琴大四岁，十三岁时开始来当学徒，因此当时春琴九岁，也就是正当她失明那年，不过他来是在春琴美丽的瞳孔已经永远闭锁之后了。对这件事情，佐助一直到往后的岁月都不曾因为未能看过一次春琴的眼瞳之光而有所遗憾，反而当作是幸福。如果知道失明之前的容貌的话，或许会感觉失明后的容颜显得不够完美，幸而对她的容貌没有感到任何一点不足的地方，在他看来从一开始那就显得是圆满具足的了。今天大阪上流家庭都争相将宅邸迁往郊外，名媛们也习惯于亲近各类运动，接触野外的空气和日光，因此像以前那样深居简出的闺秀佳人式女孩已经不再存在了。现在住在市区的孩子们一般说来体格比较纤弱，脸色也大多苍白，相较之下与乡下成长的少男少女肤色明显不同，说得好听一点是不土气，说得不好听是显得有点病态。这并不只限于大阪，而是都会共同拥有的特性，不过江户也就是东京，女孩甚至还以肤色稍黑引以自豪，因此肤色不及京阪地区白皙，大阪世家出身的少爷们就像在戏剧里演出的年轻主角那样纤柔精致、骨架细小，到了三十岁前后脸上肤色渐渐晒成赭红色，脂肪增厚，身体忽然开始粗壮起来，俨然出落成绅士的富态模样，到那个时分之前都一直拥有和妇女同样的白皙肤色，穿着喜好也相当偏爱柔弱。何况生于旧幕府时代的富裕商家，住在不很健康的深奥居

---

① 或称丁稚奉公，十岁左右的儿童开始寄居到商家或工艺师父家当小学徒，一面打杂一面学习做生意之道或技术艺能。

室内垂帘深闺中的小姐名媛们，在从乡下初来乍到的佐助少年眼中看来，那几近透明的苍白与纤秀细致不知道有多吸引人，有多妖艳。当时春琴的姐姐十二岁，下面的妹妹六岁，对于突然出现在这家里的佐助来说，都是以前乡下难得一见的少女，其中盲目的春琴不可思议的气质韵味，更可以说令他无比倾心。他觉得春琴紧闭的眼睑比姐妹们睁开的眼睛显得更明亮美丽。以他看来这张脸非要这样不可，这就是本来天生的模样。四千金中春琴长得最貌美，评语最佳。一般人可能会想就算这是事实，恐怕也有几分是出于怜悯与惋惜她的残缺的感情因素所致吧，不过佐助却不然。日后佐助最讨厌人家说自己对春琴的爱慕是因同情或怜悯所生，居然有人这样看，让他感觉非常遗憾。我看到师父的容颜从来没有一次感到可怜或可悲过，他说和师父比起来眼明的人反而悲惨，师父那样的气宇和容貌何需别人来可怜呢，如果觉得我佐助可悲，而可怜我这个粗人的话，我反而觉得眼睛鼻子俱全无缺，其他事情却没有一件能及得上师父的我们反倒残缺不全呢。不过那是后来的事了。想必佐助最初一面内心深处秘密暗藏着燃烧般的崇拜之念，一面小心翼翼体贴入微地服侍着小姐，可能还没有所谓恋爱的自觉，就算有，也因为对方是天真纯洁的千金，又是历代主人家的小姐，对佐助来说或许被赋予随身侍候小姐的任务，能够每天一起走在路上已经是一种起码的安慰了。以新来乍到的少年身分，居然能被委任帮千金小姐牵手这样的重任，似乎很奇怪，不过最初并不限于佐助，有时是由女佣陪伴去上课，有时是由其他学徒或伙计陪同，各种情况都有过，但有一天春琴忽然说道：“我要佐助陪我去。”于是从此以后才固定由佐助负责这个任务，那是佐助上了十四岁的时候。他一面感到无上的光荣，一面总是将春琴的小手握在自己的掌中，走过十丁左右的路程到春松检校家去上日课，等到练琴完毕后再带她回家。在路上春琴绝少说话，只要小姐不开口，佐助也就默默无言，只管小心注意不要犯错而已。如果有人问起“为什么小姐要指定由佐助来做呢”，春琴便回答道“因为他比谁都老实，不多废话”。虽然正如前面所述，本来她是富有同情心而待人亲切热络的，但自从失明之后脾气开始别扭起来，心情变得阴郁沉重，不再常发出开朗笑声，开口说话的次数也逐渐减少，因此她或许看上佐助不多废话只顾认真做事不妨碍别人的地方吧（据说佐助并不喜欢看到她的笑脸，因为盲人笑的时候多半是疏忽大意一时糊涂的时候，反而显得可怜，佐助也许感情上受不了这个）。

因为不多废话不妨碍别人，这话说来到底是春琴的真心，还是佐助对她憧憬爱慕的一念，已经模糊地传达给她，即使还只是个孩子却已暗暗感到欣喜？虽然十岁少女应该还不至于这样，不过敏感而早熟加上盲目的结果，第六感神经已经研磨得更敏锐了也不一定，这并不能算是太离谱的想象。气性高洁的春琴，后来即使开始意识到有恋爱的感觉，仍然不轻易敞开心中秘密，长久之间没有容许佐助接近。虽然如此，其中就算有若干疑问，但总而言之刚开始佐助这个人几乎在春琴的念头中仿佛不存在一般，至少佐助看来是这样。在牵手的时候佐助把左手举到春琴肩膀的高度，掌心向上，让她的右手掌可以搭在上面，对春琴来说佐助这个人似乎只是一个手掌而已，偶尔需要用到时，也只以手势表示或皱一下眉头或像叫人猜谜般喃喃自语一番，反正并不明白说出过来呀的意思，如果没注意到她这样的意向，她一定会心情不好，因此佐助不得不紧张地随时注意着春琴脸上的表情和动作，唯恐稍有疏忽看漏，感觉就像自己小心注意的程度被考验着一般。本来就是大小姐出身，向来被宠惯了，总是随心所欲，加上盲人特有的爱刁难，不容许佐助有片刻的疏忽。有一次在春松检校家等候轮到指导顺序之间，忽然不见了春琴的踪影，佐助惊慌地四处寻找，原来在不知不觉间她去了厕所。每次要上小号时，春琴总是默默地出去，他一发现之后一面追上一面牵着她的手带她到门口，在那里等着，再为她舀水洗手。今天佐助却一时糊涂，于是她就自己一个人摸索着去了。“真对不起，小姐。”佐助一面颤声说，一面跑到已经从厕所出来正伸手要拿起水杓柄的少女面前。然而春琴却一径说“不用了”还摇着头。但这种情况就算对方说道“不用了”也不能说“是吗”就此退下。往后会更糟糕，因此就算勉强也要赶快抢过杓柄来为她浇水洗手，才算是懂得窍门。此外有一次夏天的午后正在按顺序等候指导时，他恭恭敬敬地坐在后方，听到她喃喃自语着“好热”，于是试着亲切地应道：“是啊，真的好热噢。”并没有其他反应，过一会儿她又再说“好热”，他这才会过意来，取出随身携带的团扇从背后帮她扇凉，她这才似乎满意的样子，中途若稍微停顿一下，她立刻又连说“好热”。春琴就是这样倔强任性，不过这也只有对佐助时特别明显，并不是对任何学徒都这样。因为她本来有这样的天性，佐助则刻意迎合她的意思，所以这种倾向就只对他变得更为极端，她觉得佐助最方便差使的原因也在这里，佐助并不以这为苦差事，反而甘之如饴，乐于为她服务，或许已将她的特别刁难视为撒娇，仿佛当成一种恩宠般来理解并承受着。

春松检校指导弟子琴艺的房间在后方的楼中楼上，因此顺序轮到时佐助会引导春琴走上楼梯，让她在检校对面的席位上端正坐定，把琴和三味线摆放在她前面，自己则暂时退到楼下候客室等待练琴结束，才再度上前迎接。即使在等候的时候也毫不疏忽，一直注意侧耳倾听是否下课了，要是结束了，不必等人呼唤就立刻站起来走上前去，因此春琴所学习的音曲会自然而然听进他耳里去也是不无原因的。佐助的音乐兴趣就是这样渐渐培养起来的。往后的年岁能够成为一流大师，自然也有天生才华吧，不过如果没有被赋予服侍年轻春琴的机会，而且没有跟着她，产生想与她同化的热烈爱情的话，或许佐助就只能从鵙屋家分得一块暖帘招牌返乡去当起一介药材商，度过平凡一生吧，后来盲目并被尊称检校之后，还经常谦称自己的技艺远不及春琴，自己的一切全都由于师父的启发才能达到今日的地步。将春琴捧到九天之高，自己则后退百步甚至两百步，正因佐助是如此谦虚，所以他的话不能完全照样听取，技艺的优劣姑且不论，不过春琴属于天才型，佐助则属于刻苦励精的勤勉人，这点应该没错。他当时很想悄悄买一把三味线，于是把主人家每次给的津贴或出差时领到的小费等都积蓄起来，从他十四岁那年年底开始到第二年夏天，终于存够钱可以买到一把简陋的三味线，为了怕被掌柜的责骂而把琴杆和音箱分别拆开悄悄带进天花板底下的阁楼寝室里去。每天深夜等同伴伙计们都已熟睡安静下来之后，才独自开始练琴。但是当初，是以继承父祖事业为目的来到这里当寄居学徒的，并没有想到将来会以琴艺为本职正业，既没有这样的觉悟也没有这样的自信，纯粹只因对春琴太过于忠心，以至于她所喜好的东西自己也喜好的结果使然，并没有居心要以这当作获取她爱意的手段，从对她也极度保密这点可以证明。佐助与五六个伙计与学徒一起睡在站起来都会顶到头的低矮狭窄房间，因此他以不妨碍他们睡眠为条件拜托他们代为保密。那些年轻学徒们正值睡多少都嫌不够的年纪，一搭到床立刻就睡熟了，所以并没有人抱怨。不过佐助却等大家睡熟之后才悄悄起床，躲进棉被都已搬出来的壁橱里练琴。就算不这样，天棚底下已经够闷热了，何况壁橱里的夏夜想必格外闷热。不过唯有这样才能防止琴音外泄，也方便阻隔鼾声呓语等外部声响。当然不能用琴拨子弹，只能在没有灯火的完全漆黑中摸索着用手指轻轻拨弹。但对这黑暗佐助一点也不感觉不方便，因为盲人经常都处在这样的黑暗中，一想到小姐也是在这样的黑暗中弹着三味线时，便觉得自己也同样置身于黑暗世界是至高无上的快乐。后来被容许能公然练习琴艺之后，也觉得如果不和小姐一样的话很过意不去，因此在拿起乐器时闭上眼睛已经成为他的怪癖，换句话说，虽然是眼睛明亮的人，却想和盲目的春琴尝试同样的苦难，想尽可能体验盲人不方便不自由的生涯处境，有时竟如同羡慕盲人一般，这样的他往后的岁月会真正成为盲人，其实是从少年时代开始就有这样的用心吧，因此试想起来其实也不完全是偶然。

无论任何乐器要达到登峰造极的造诣也许都一样困难，尤其小提琴和三味线的指位没有任何印记，而且每次弹奏之前都一定必须事先调音，因此要达到能够从头到尾完整弹奏的程度并不容易，最不适合自修独学，何况在没有音谱的时代，就算是从师学习，一般也有“琴需三月，三味线三年”的说法。佐助自然没有钱可以买琴这样昂贵的乐器，何况体积太大，首先要悄悄搬进店里就行不通。因此从三味线开始学起，调音倒是一开始就会了，那至少表示他与生俱来听音判别的音感比一般人敏锐，此外也足以证明平素跟随春琴到检校家等候之间，是如何仔细倾听别人练习的。举凡调子的区别、曲子的文词、声音的高低、段落音节回转的抑扬顿挫等，全都不得不依赖他的耳朵仔细听取并暗中记忆下来，除此之外没有任何可以凭借依赖的。如此这般从十五岁夏天开始，大约半年之间，幸而除了同寝室的伙伴们之外，在谁也不知道的情况下安然度过。然而到了那年冬天却发生了一件事情，有一夜据说是在天将亮也就是冬天清晨四点左右还黑漆漆如同半夜的时刻，鵙屋家的夫人也就是春琴的母亲茂女，忽然起来上厕所时，听到不知从何处传来《雪》[①]的曲子。从前有所谓“寒稽古”——寒天练功的说法，就是指在寒冷的深夜天色由黑暗开始转成微明的时分，浴着刺骨寒风苦练琴艺的习惯，然而道修町原来是药材商多的区域，严守礼仪的店铺栉比鳞次，并未有游艺师父或艺人之类居住，没有一家色艺行业的人家混杂其间。何况静悄悄的深更半夜里，以寒稽古来说时刻也太突兀了，通常寒稽古会拼命发出琴拨拨弹的高昂声音，然而这却是用手

① 地方歌谣(地呗)中最广为人知的名曲。江户末期天明年间(1781—1789)前后，由大阪的峰崎勾当作曲。巧妙表现出雪不停静静降下的感觉。

指轻轻抚弹的，而且同一段落一直重复练到满意为止，反复练习的热心程度令人感动。鵙屋家夫人虽然惊讶，当时却并没有太在意便又回去就寝了，然而过后有两三次同样在深夜起床时，每次都再听到。有人道，这么说来我也听过啊，到底是在哪里弹的呢？也有人说恐怕也不像是狸猫敲腹鼓[①]。在店员们不知不觉时，深闺后院的妇人们之间已经传为话题。如果佐助还像夏天以来那样一直还躲在壁橱里练习也就罢了，然而因为谁也没注意到，因此渐渐大胆起来，加上在极其忙碌的公余之暇还缩短睡眠时间偷偷练习，因此睡眠不足的情况逐渐长期累积下来后，在温暖的地方练琴时终究难免要打瞌睡，因此从秋末时分开始，每天深夜便悄悄走出晒物台去弹。每次都在夜晚子时前也就是晚上十时后和店员们一起就寝，凌晨三时左右醒过来抱起三味线走出晒物台，这样让冷冷的夜气直接吹触肌肤，继续独自练琴，直到东方开始微微泛白的时刻才又再回去睡一下。春琴的母亲所听到的就是这个。其实佐助悄悄走出去的晒物台就在店铺的屋顶，因此可能隔着中前栽[②]的后院妇人在打开走廊的遮雨板门时反而要比店员们更容易听到那声音。在夫人的注意之下，店员们调查，才知道原来是佐助弹的。于是被叫到大掌柜的面前，难免吃一顿白眼，并训斥他以后断然不可再犯，否则绝不善罢甘休，看来三味线当然也要被没收了，就在这时候却有人意外地对他伸出援手，后面传话过来，说想暂且先听听他能弹到什么程度，而且带头倡议的竟然就是春琴。本来佐助心想这件事若让春琴

---

① 民间故事中狸猫过节会在半夜挺起肚皮当鼓敲。

② 建筑物与建筑物之间种植草木的中庭，王朝风格的称呼。

知道必然会惹她不高兴，自己不过被赋予牵手任务而已，如果不懂得严守身为丁稚学徒的身分，随便任性胡为的话，不是被忽视抹杀就是被嘲笑而已，无论如何都没有好事，他只一味怀着戒慎恐惧的心情，叫他“暂且弹来听听”反而让他感到胆怯畏缩。如果自己的诚意能感动上天让小姐心动固然可喜，就怕只想让他当众出丑成为全场的笑柄，他只能想到这或许只是半带消遣解闷性质的恶作剧，何况还不够自信，能在众人面前献丑。不过春琴一旦出口说要听了，当然也不容许他推辞，何况母亲和姊妹们也在好奇心驱使下都想一听，终于被叫到后面房间去表演他独自学习的结果。这对他来说真是隆重的场面。当时佐助总算能够熟练弹奏五六首曲子，既然吩咐他把所会的全弹来听听，于是他只好鼓起勇气聚精会神地尽全副心力弹出包括《黑发》[①]那样温柔的曲子，和《茶音头》[②]那样困难的曲子，本来没有任何规则可循只能凭着旁听来的照弹而已，自然有一些地方记得不很牢靠，然而鵙屋家的人或许正如佐助所推测的那样，原来只打算当作笑话一般听过去的，然而在短时间内光凭自修苦练不但能弹出基本曲调，连婉转的抑扬顿挫也弹了出来，大家听过之后无不感到佩服。

《春琴传》上曰“当时春琴怜惜佐助之志，于是说道汝之热心可

① 长呗即长歌谣曲的曲名。表现女子嫉妒的戏曲。由初代樱田治助作词，初代杵屋佐吉作曲。后来在大阪成为地方流行歌谣。

② 地呗即地方歌谣。又称茶之汤音头。三味线由京都的菊冈检校作曲，琴由八重崎检校作曲。三味线少有的六段，旋律轻快，合奏乐器流畅交错，长度适中，成为生田流的流行曲。

嘉，以后便由吾来教导，汝若有余暇即可经常以吾为师勤加练习，春琴之父安左卫门也终于应允，佐助心情有如升天一般，除克尽丁稚本分勤服业务之外，每日限于一定时间必接受指导，未曾间断。如此十一岁之少女与十五岁之少年今于主从之上更结师徒之契，诚然可喜可贺”。脾气难缠的春琴对佐助为何忽然显示出如此温情呢？其实据说并非出于春琴本意，而是周围众人这样刻意安排的。试想想盲目的少女就算生在幸福家庭里，总难免动辄陷入孤独变得忧郁起来，因此父母亲不用说，就是手下的女佣们也难以应付，都处心积虑想尽办法希望能安慰她让她开心，这时碰巧知道佐助和她兴趣相同。后院侍候小姐的妇人们大多因小姐的任性而束手无策，心想不如把这任务推给佐助，让他来当小姐的对手，她们自己的负担也可以减轻一些，看来佐助也真是个不寻常的奇人，如果让小姐来教导他不知道会怎么样，想必他本人也会感到无上幸运而满心欢喜吧，因而试着往这个方向诱导。但如果过分怂恿的话，又恐怕性情别扭的春琴未必会听从周围人的安排，不过她到了这个时候果然也开始觉得佐助不讨人厌，内心深处可能已经开始泛起春水了也未可知。不管怎么样她能说出要收佐助为徒弟，对父母兄妹和所有家仆们来说都是求之不得的事情。虽说是天才儿童，也不过才十一岁的女师父到底能不能教人倒也不必深究，只要这样做能消解她的无聊，旁边的人就帮衬着玩起“扮学校”似的游戏，而指派佐助当她的对手。因此与其说是为了佐助不如说是为了春琴设想，不过从结果看来，佐助得到的恩泽却远多得多。传上虽然写道“除克尽丁稚本分勤服业务之外，每日限于一定时间”，不过到目前为止，每天负责牵手带路一整天中已经有几小时是为小姐服务了，现在又加上被叫到小姐房间去学音曲课程，那么恐怕已经没有多少空暇时间能够回头照顾店里的工作了吧。安左卫门把人家托付于他本来预定培养成商人的孩子指派来守护陪伴自己的女儿，似乎对不起人家家乡的父老，虽然也曾有过这层顾虑，不过与其担心一个学徒的将来，不如讨春琴的欢心更重要，何况佐助自己也这样希望，既然如此就暂且这样以后再说吧，可能就这样变成默许的形式了。佐助称呼小姐为师父就是从这时候开始的，春琴命令他平常称呼“小姐”就可以，但上课的时候一定要这样称呼，而且她也不再称呼“佐助仔”而直接叫“佐助”，一切都仿照春松检校对待入门弟子的模样严格执行师徒之礼。就这样正如大人们所企图的那样，天真的“扮学校”游戏继续下去，春琴在这忙碌之中也渐渐忘了孤独感，两个人往后日积月累更没有要停止这游戏的模样，反而在两三年后教的一方与被教的一方都逐渐脱离游戏的领域，开始认真起来。春琴的日课是在下午二时左右去到位于韧这地方的检校家去接受三十分钟到一小时的练琴指导，回到家来直到日暮为止把学来的功课再度练习过。到了用过晚餐之后，有时心血来潮便把佐助叫到二楼起居室去教授，后来终于变成每天从不缺少，有时甚至到九点十点还不放过，“佐助，我这样教过你吗?”“不行，不行，一定要一直练到会为止，否则你就给我练到天亮吧!”凶悍斥责的声音屡屡传到楼下，让侍候的下人们大吃一惊，有时这幼小的女师父还会一面骂着：“笨蛋，你怎么老记不得呢？嗯?”一面拿起琴拨来打弟子的头，而弟子甚至哭出声来也不稀奇。

从前教授游艺人技艺也曾用过水深火热激烈凄厉的苦练法，对弟子往往施加体罚是众所周知的事实。从这年(昭和八年)二月十二日大阪《朝日新闻》星期日的版面上有标题为《人偶净琉璃[1]的血淋淋修业》的小仓敬二君所写的记载上看来，摄津大掾[2]故后的名人第三代越路太夫[3]的眉间留下一道状如新月般的大伤痕。据说就是由师父丰泽团七[4]一面斥责"要到什么时候才会记得啊"一面用琴拨戳倒他时所留下的纪念，又文乐座[5]的人偶师父吉田玉次郎的后头部也有同样的伤痕。玉次郎年轻时候在演练《阿波之鸣门》[6]时，他的师父大名人吉田玉造[7]演练捕抓犯人十郎兵卫的情节，由玉次郎操使那傀儡人偶的脚部，正当该极准确表达的关键时刻，十郎兵卫的脚却怎么也无法操使得让师父玉造满意。于是师父一转身怒斥道"笨蛋"便忽然把正操使着的人偶佩刀往他

---

① 人偶戏演出的义太夫节。义太夫节简称义太夫，是日本传统音乐的一种，由竹本义太夫创始，集取古净琉璃各派艺风予以统一，于贞享元年(1684)创设人偶剧的竹本座。与近松门左卫门联合将净琉璃发展起来。

② 竹本摄津大掾(1836—1917)，明治时期义太夫节的名人。本名二见金助。艺名南部太夫，之后继承第二代越路太夫，明治三十六年由小松宫获赐摄津大掾之名。艺风高雅、声调优美，擅长婉转气长之艳歌。

③ 三世竹本越路太夫(1865—1924)，摄津大掾的门弟，明治三十六年继承为第三代。据说年轻时候吊儿郎当，曾经被师父断绝师徒关系达三十七次之多。

④ 未详。

⑤ 传承人偶净琉璃三百余年传统的专业剧场。宽政末年时代由植村文乐轩创始于大阪高津桥南诘，后来，辗转迁移博劳町稻荷神社内、南区清水町滨等，明治五年迁至松岛的新开地，称文乐座。昭和五年在道顿堀建立新剧场，昭和三十八年改称朝日座。

⑥《倾城阿波鸣门》为木下半二等合作的净琉璃传统曲，明和五年(1768)在大阪初次上演。述说阿波德岛的藩主玉木家发生动乱卷入名剑遗失的事件，藩士阿波十郎兵卫和阿弓夫妇的忠节故事，尤其阿弓与女儿阿鹤活生生被拆散分离的场面最著名。

⑦ 在此指初代吉田玉造(1829—1905)，本名吉仓玉造。天保十一年第一次登上舞台，明治五年以人偶操纵师第一次荣登文乐座的纹下(整团的代表者)。与三味线的团平、净琉璃的越路太夫齐名，被共同尊称为三名人。

后头部喀一下，如今那刀痕还未消失。而且打了玉次郎的玉造自己过去也曾经被他师父金四[①]用十郎兵卫的人偶敲破头，连那人偶都被血染成鲜红。他请求师父把那血淋淋破碎弹起的人偶的脚赐给他，还用白棉布包缠起来收进白木箱里，时时拿出来如同在慈母灵前叩头般珍惜膜拜，并常对人哭诉道“如果没有这个人偶的责打，我可能一生也只不过是个庸庸碌碌平平凡凡的艺人而已”。前代大隅太夫[②]修业时代，猛一见像牛一般钝重，因此被称为“迟钝”，他的师父是著名的丰泽团平[③]，俗称“大团平”，是近代三味线巨匠，有一次在一个闷热的夏夜，这位大师正在师父家学习《木下荫挟合战》[④]的《壬生村》段落演练时，在演到“护身符乃遗物也”一节时，怎么都不顺利，无法巧妙说唱，一再反复练习，不管练多少次，师父还是不肯罢休，师父团平在悬挂的蚊帐里听着，却让大师继续任凭蚊子吸血，一百次、两百次、三百次，无止境地不停反复演练之间，夏天天亮得早，天色都已经开始泛白，师父大概也累了，不知不觉已经睡着了吧，就算这样只要师父没说一声“行了”，也就发挥他那“迟钝”特色，一直拼命耐心地持续重新再练，一次又一次地练，终于从蚊帐里传来一声师父团平的声音“行了”，看来好像睡着，其实师父却连打一下盹都没有，仔细听着。像这类逸

---

① 未详。

② 在此指三世竹本大隅太夫(1854—1913)，义太夫节太夫。本名井上重吉。明治十七年以后在彦六座与名人团平合奏三味线。与文乐座的摄津大掾，并称明治义太夫界的双璧。

③ 在此指二世丰泽团平(1828—1898)，弘化元年袭二世名，精通诸艺，被称颂为罕见的艺人。作曲有《壶坂》、《良弁杉》等，以义太夫节的集大成者而闻名。

④ 净琉璃古曲名剧。若竹笛躬、近松余七等根据并木宗辅所作的《釜渊双级巴》改作而成，于宽政元年在大阪初次演出。以太阁记故事之一而闻名，《壬生村之段》为其第九册。

事插曲真是不胜枚举。并不限于净琉璃的太夫和傀儡人偶操演师父而已，就是生田流的琴和三味线的传授也同样严谨。而且这方面的师父大多是盲人检校，很多人拥有残障者常有的偏执，容易残酷苛刻。春琴的师父春松检校的教授法向来也以严格闻名，正如前面所述动辄怒骂或伸手打人。通常往往学的一方和教的一方都是盲人，被师父斥责或打骂时，每次往往会稍微往后退缩一点，有人竟抱着三味线从楼中楼的二楼楼梯滚下来跌倒引起一阵骚动。后来春琴挂起琴曲教室招牌开始招收徒弟之后，教学演练情形也以严厉峻烈闻名，显然沿袭了先师的教授方法，不是没有来由的。不过这在教佐助的时代已经开始萌芽了，换句话说从幼小的女师父的游戏开始逐渐进化为真正的师徒关系。说起来或许男师父责打弟子的例子很多，但女师父殴打男弟子，像春琴这样的情形倒是少见。试想想这或许有几分嗜虐性倾向，也许假托教授琴艺而享受着一种变态的性欲快感也不一定。是否果真如此？事到如今已经很难断定，唯一明白的只有一件事情，小孩子玩游戏的时候一定会模仿大人，然而她因为深得检校疼爱，所以自己肉体并未尝过被痛殴的经验，只是知道日常师父的流仪，认为当师父的本该如此，幼小的心里已经这样认定，在游戏的时候便早早模仿检校也是自然的，后来或许更进一步渐渐演变成习性吧。

可能佐助原来就是个爱哭鬼，据说每次被小姐责打时总会哭出声来。而且真不中用地大声咿咿地哭，因此旁边的人总是皱起眉头来说“又开始被小姐责打了”。刚开始只是把他充当陪小姐玩游戏的对象而已的大人们，到了这个地步却感到非常困惑。每天晚上光是琴和三味线的声音就要听到深夜，已经是够吵人了，现在偶尔还加上春琴语调激怒的斥责声和佐助的哭声，到深更半夜还经常传来。这样佐助也怪可怜的，最重要的是对小姐也没有好处。有些女佣实在看不过去，于是到练琴现场去从旁劝道，小姐怎么回事呢？这样有失体统噢，别对男孩子太过分才好啊。如此劝阻时，春琴反而正襟严肃地说，你们懂什么？少管闲事！威严地拒绝道，我可是认真在教他哪，不是在玩耍的，我就是为了佐助着想才这样拼命努力呀，不管我多生气多虐待他，练琴就是练琴，这你们还不懂吗？这在《春琴传》中有明白记载："汝等莫以吾为少女而侮蔑吾，竟敢冒犯艺道之神圣，纵然年幼苟若教人即为人师，师有师道，吾授佐助琴技素来非以一时儿戏，佐助生来虽好音曲，然以丁稚之身难以拜堂堂检校为师，如若任其独学又颇为怜悯，吾虽未臻成熟，仍代为师，但望达成其所愿也，汝等有所不知，当速速由此退下。"毅然放话下来，听者往往恐惧于她的威容，惊讶于她的辩舌，只得唯唯诺诺地当场退下。由此可以想象春琴的认真投入和威严十足。佐助虽然会哭，不过听到她这一番话也感到无上的感谢。他的哭不仅为了忍受辛苦，同时也包含有对赖以依靠的亦师亦主少女的鼓励感激的眼泪，因此不管遭遇多痛的待遇都不会逃避，总是一面哭一面练到最后，听到春琴说一声"好了"为止。春琴平日有心情好和心情不好的时候，嘴巴啰嗦唠唠叨叨时还算是好的，就怕她一言不发，默不作声，只皱起那眉头，用力拨响第三弦①，或让佐助独自弹着三味线，却不

① 三味线的第三弦，最细，调子也最刚硬。

置可否地一直静静听着，这时候佐助才最想哭。有一天晚上正练习着《茶音头》的手事[1]时，佐助一时未能领悟，老是记不得，练了几次依然出错，平常如果这样的话，她一着急照例是会把自己的三味线放下来，呀，吉哩吉哩锵、吉哩吉哩锵、吉哩锵吉哩锵吉哩卡——吉咚、多兹多兹哩嗯、呀啦啦咚，这样一面用右手使劲拍打膝盖，一面用口念三味线来教他的，这天却默然无语放任不管。佐助一时慌张起来摸不着边际，然而话虽如此，又不能就此停下来，于是硬着头皮独自想办法怎么弹，弹着弹着可老是弹下去却听不到她说一声好了，这么一来更加着急，更加荒腔走板，弄得他一身冷汗直冒，不管三七二十一只好胡乱弹一通，然而春琴不动声色寂然如故，把那张嘴闭得更紧、眉头锁得更深，如此这般折腾了足足有两个小时以上后，母亲茂女穿着睡衣走上来说道，热心也该有个度啊，别把身子搞坏了。劝解他们，把两个人拉开。第二天春琴被唤到双亲跟前数落了一番，你想要教好佐助的心意固然很好，对弟子又是打又是骂的，本来像检校先生做的那样，大家容许，我们也容许，不过你再怎么高明，说起来自己也还在向师父学习，从现在开始不可以再这样傲慢，否则一定会有所疏失，大凡艺术这种事，要是一有了心高气傲的态度就不会进步了，何况你是个女儿家，这样捉弄男子，骂人家笨蛋，嘴巴不干净，听起来多难听啊，这点你可要戒慎一点，从今以后要在一定的时间教，晚上不可练太久，夜深了就得停下来，佐助哀哀哭叫的声音传到大家耳里，大伙儿也睡不安宁，困扰得很。

---

① 琴、三味线等演奏没有歌词，只有乐器声的部分。长间奏。生田流这种手事较多为其特色，在日本音曲中颇为少见，纯粹器乐的性质很强。

向来从未说过重话的父亲和母亲也恳切地教训起她来。春琴果然无法还嘴，虽然父母数落得有理，不得不服气，然而她只是表面顺从而已，实际上并没有太大的作用。反而挖苦佐助道，你也真没骨气，堂堂男子汉，居然为一点小事，也不害臊，竟然大声哭出来，听起来多夸张，害我挨骂，如果艺道无法精进的话，就算痛彻身骨也要咬紧牙根忍住不出声才是，要是办不到的话，那我以后也拒绝再当你的师父了。从此以后佐助不管多辛苦，都绝对不再发出声音了。

鵙屋家夫妇似乎多少感觉到女儿春琴自从失明以来逐渐变得坏心眼起来，开始教琴之后，甚至言语动作也渐渐粗暴起来。女儿得到佐助这个对象到底是好是坏？能够取悦于她固然可喜，不过不管合不合理凡事全顺着她，结果岂不更增长她的气焰？将来真不知道会长成脾气多别扭的女人。心中暗自烦恼。不知是否因此缘故，佐助十八岁那年冬天开始，在主人的刻意安排下，也让他进入春松检校的门下，就是中止了由春琴直接教授的方式。在父母的想法中，女儿扮演师父的角色可能是最不妥当的办法，这对女儿的品性可能造成不良影响。在这同时佐助的命运也因此而决定了。从此以后佐助完全解除丁稚的任务，名副其实成为春琴的牵手，并以同门学弟的身分开始到检校家练琴。不用说他本人是这样希望的，安左卫门也向他家乡的父母大力游说，努力取得谅解。虽然让他放弃成为商人的目的是很可惜，不过代替的是对他未来的前途提供保证，一定不会舍弃不管，甚至可以推察话中的意思，想必安左卫门夫妇也为春琴着想，而动了留下佐助当入赘女婿的念头吧。以残障不全的女儿来看，要想获得条件对等的结婚对象并不容易，如果是佐助的话，应该是求之不得的良缘，会这样想也难怪。然而在那后年也就是春琴十六岁，佐助二十岁，父母亲第一次暗示婚姻的话题时，却意外被她不假思索地严峻拒绝了，她说自己一辈子都不想结婚，尤其是佐助更是想都没有想过，说着心情非常不愉快。因此事情并没有进展。从此过了一年，母亲觉察到春琴身体有了不容忽视的变化，心想莫非是那样不成，暗中观察之下，确实奇怪，要是开始明显得引人注目之后用人们的嘴巴可就难以堵住了，不如趁现在想办法补救，也没跟做父亲的商量，便悄悄问她本人，春琴却回说完全不记得有这回事，既然这样也不便再深究。于是心中一面仍不踏实，却也只得暂时放任不管。约莫又过了一个月左右之间，事情已经到了无法掩饰的地步了。这次春琴倒是坦白承认怀孕了，却不管怎么问，她都坚不吐实，不肯透露对方是谁。勉强追问之下，只说互相约好了不透露姓名。问她是不是佐助时，却始终一味否认，说怎么会是那样一个当学徒的。虽然大家都暂且继续怀疑应该是佐助，不过父母心想，去年春琴说过那样的话了，应该不至于吧。而且如果有那样的关系的话，应该很难在人前隐瞒得过，经验浅薄的少女和少年不管装得多么若无其事，终究是会被识破才对。然而佐助自从成为同门学弟之后，已经不再有机会像以前那样与她对坐到深夜了，只偶尔像师兄弟那样练琴而已，其他时候她总是维持气质高雅的大小姐姿态。对待佐助也不过是对一个牵手人而已的态度，此外似乎没有别的。用人也不觉得他们两人有什么差错的地方，反而感到他们未免太过于拘泥主从分别到缺乏情趣的地步。但问佐助是否知道有哪位对象，想必一定是检校门下的学生吧，佐助却也坚持一种说法，就是毫不知情，自己不记得有什么事情，更别说知道有谁可疑。不过这时候被叫到夫人跟前的佐助，态度战战兢兢，形迹可疑，不放心继续追问之下，出现了答话前后矛盾的地方，说道其实说出来会被小姐骂，终于忍不住哭了出来。哎呀要袒护小姐固然是好，可是主人的吩咐你竟然不听，这样一味隐瞒下去反而对小姐不利呀，务必要把对方名字说出来看看。可是说酸了嘴，他还是不肯招出来。这样一来当事人应该就是佐助本人了，从他的言外之音似是如此，他口头上绝不承认，因为碍于和小姐有所约定无法明讲，不过言下之意仿佛希望能够谅察。鵙屋夫妇对于生米已经煮成熟饭了也无可奈何，是佐助的话，倒也幸亏。既然如此去年提议让他们结缘时，却为什么说出那样口是心非的话，女孩子家的心意真是难以捉摸，发愁之间总算是稍微放下心来。既然如此在大家把话传开之前，趁早把他们送作堆比较好吧。然而再向春琴提起时，又说不愿意这样，去年已经说过不考虑佐助了，能为我身体的不方便考虑固然很感激，不过不管身体多么不方便还是不想招底下的人当夫婿，这对肚里孩子的父亲也过意不去，居然说得连脸色都变了。那么问起那肚里孩子的父亲又是谁时，却又道这点就请不要多问，反正我不打算和那个人在一起。这样一来佐助的话又显得可疑了，到底孰是孰非，真是越发糊涂，伤透了脑筋，不过除了佐助之外也想不到有其他对象，事到如今事情实在尴尬为难，或许因此而故意说出反对的话，也许事后会再吐露实情也不一定。就别再与她争论了，暂且先送她到有马[①]去做温泉疗养，等孩子生下来再说吧。那

---

① 有马温泉。位于神户市冰库区、六甲山脉西北麓的温泉，从平安时代就是著名的疗养地。

是春琴十七岁的五月，佐助留在大阪，春琴由两个女仆陪同在有马住到十月，幸而喜获麟儿，这婴儿生下来容貌长得跟佐助一般模样，总算终于解开了谜团，即使这样春琴不但依然不肯听从结亲的建议，到现在还否认婴儿的父亲就是佐助。没办法只好把两个人都找到跟前当面对质，春琴态度强硬不移，佐助若说出稍有可疑的话，她立刻说，不对，这样说反倒给我添麻烦，不记得有过的事就明白说没有，这样斩钉截铁地堵住他的话。佐助只得步步退缩，怎么可能对主人家小姐这样呢，没那回事，从小到大受到非比寻常的大恩大德，不可能做出那样不知身分不检点的事，这是莫须有的怀疑。接下来只好配合春琴的口风彻头彻尾否认到底，这下子事情越发无法弄明白了。那么难道生下来的孩子不可爱吗，要是这么逞强下去，总不能让这孩子成为没有爹的孤儿，如果你硬要拒绝这门亲事的话，孩子就算可怜也只好送到什么地方去让别人领养，除此之外没有别的办法了。本来想以孩子来逼她就范的，没想到她竟说出，那就请便，送给别人吧，反正我一辈子都打算独身下去，留下来也只有绊住我的手脚。竟然若无其事地这样说。

当时春琴所生的孩子就这样被送到别处让人领养了，那是弘化二年所生的，今天应该已经不在人世了，领养的去处也不得而知，总之应该是由双亲做了该做的安排处置吧。就这样春琴终于坚持到底，将怀孕的事情含糊地埋葬掉，事后不知不觉又若无其事地让佐助牵着手照常去练琴。当时她和佐助的关系几乎已经成为公然的秘密了，但是要让他们正式在一起，当事人又一再否认，所以看来双亲知道自己女儿的脾气，也就不得不采取默许的形式。如此无论主从关系、同门弟子或恋爱对象都不很明确的暧昧状态继续了两三年后，春琴二十岁时，以春松检校逝世为一契机，开始独立出来挂起琴师招牌，从父母家分出去另外在淀屋桥一带置一栋房宅，同时佐助也跟了过去。原来她在检校生前实力已经被认可，准许她随时可以自立门户开班授徒了。春松检校取自己名字的一字为她命名为春琴，正式演奏时也常常让她参与合奏，声调高处由她来唱出，经常这样拉拔提携她，因此检校去世后，终于能够自立门户也是理所当然的。然而以她的年龄境遇来观察，是否有必要这样俄然独立呢？这可能因为考虑到她与佐助的关系，已经成为公然的秘密，两个人一直处于暧昧状态对下人们并非良好示范，因而采取让他们同住在一栋宅子里的方法，春琴自己对于这种程度的安排倒也没有表示不服。当然佐助到了淀屋桥去之后，和以前所受到的待遇完全没有两样，同样始终还是个牵手的童子，而且因为检校已经过世，于是再度师事春琴，现在两个人对谁都不用客气，可以互相直接称呼“师父”和“佐助”了。春琴非常讨厌和佐助被视为夫妇，因此严格要求言语行动的细节都必须一一遵守主从礼仪和师徒身份。说话称呼方式都有一定的规矩，若偶有违背，就是下跪磕头道歉都不轻易原谅，会一直执拗地责怪他的无礼。因此据说那些不明底细的新来入门弟子，实在无从怀疑他们二人之间的关系。而在这样的情况下，鵙屋家的仆人们却在私下闲谈，真想悄悄偷听看看小姐是以什么样的脸色向佐助求爱的？难道春琴是像这样等候佐助吗？只是大阪到今天婚礼中仍然极为讲究家世、资产、地位等等细节，比东京更讲究，本来就是商家意识浓厚的地方风俗，封建时代的流风仍然令人堪忧，因此像春琴这样无法舍弃生为世家千金矜持的小姐们，会看轻代代家仆来历的佐助，也许超过想象中的程度。又加上盲目偏执，不愿意让人看到自己的弱点，被人轻视，有这种不服输的旺盛好强心燃烧作祟也难怪。那么她或许心想迎接佐助为我的丈夫简直就是侮辱我的人格嘛。不妨考察这些情况，换句话说与底下的人结下肉体关系会有羞耻感，反逆之下可能反而装出毫无关系的疏远冷漠模样。那么春琴看待佐助难道除了生理上的必需之外，就没有别的了吗？或者在潜意识中是这样也不一定。

传中有曰："春琴居常洁癖，不穿稍有沾染污垢的衣物，贴身内衣之类皆令每日换洗。又朝夕极度严密督促厉行居家扫除，每于起坐之间均一一试以手指触摸坐垫席褥等之表面，若有丝毫尘埃亦感厌恶。尝有门弟中人患有胃病者，口中有臭气而不自觉，上师之前受教琴技，春琴照例铿然弹响第三弦后便放下三味线，颦蹙而不发一语，门弟不知所措，诚惶诚恐再三追问原因之后，始曰吾虽盲目鼻嗅却仍确实，速速去含漱再来。"或许正因为是盲人才会有如此洁癖，此外这样的人正因盲目而使得周围照顾她起居的人必须用心格外细致，程度也超越想象之外。所谓牵手这样的角色，任务并不仅止于牵手带路而已，但凡饮食起居、入浴上厕等日常生活的些微琐事也都必须一一照应周全才行。而且佐助因为从幼年开始就负责春琴的这些琐事，对她的癖性早已心领神会习以为常，除他之外别人终究难以达到令她满意的地步。佐助在这方面对春琴来说毋宁是不可或缺的存在。而且以前还住在道修町的时分，还有双亲兄妹们照应，现在成为一家之主之后洁癖加上任性，使得佐助的差事更加繁琐。这是那位鴫泽照女士说的，果然在传中并未记载。据她说师父上过厕所出来也从来没有洗过手，因为她一次也没有用自己的手处理过，一切的一切都是由佐助为她做的。入浴时也这样，人家或许会说高贵的妇人竟能心平气和地让人清洗全身真不知羞耻，但师父对佐助不是出于高贵妇人的选择，而是一则因为盲目，再则因为从幼小时候开始就养成这样的习惯了，现在已经不会引起任何感觉情绪了也不一定。她又非常注重服装仪容，失明以来虽然不再照镜子，不过她对自己的容貌姿色具有相当自信，对于服装发饰的搭配等所费的心思并不亚于眼明的时候。试想记忆力强的她可能还长久记得自己九岁时的容貌吧，加上世间对她的赞美不断，人人对她的奉承始终不绝于耳，因此她非常知道自己气质出众，不惜花费许多精神来化妆。她常饲养黄莺，取其粪便和米糠混合，并取丝瓜水调和以敷脸和手足，必使肌肤光滑柔嫩心情才会感到舒畅，最忌讳皮肤粗糙。但凡弹奏乐器者因弹弦的必要，最在意左手指甲的长度，她每隔三天必令人修剪一次再用锉子打磨。不只左手如此，连双手双脚也一并修剪，虽然顶多才增长一厘二厘而已，几乎看不出来，却仍要令人每次一样地正确修剪，剪后痕迹并一一用手触摸看看，稍有差错都不容许。佐助其实都把这些照顾任务一手承揽下来，稍有空闲时间还要请教琴艺，有时并代替师父指导后进的弟子们。

所谓肉体关系本来就有许多不同种类。像佐助对春琴的肉体可以说熟悉知晓得巨细靡遗，他们结缘之密切是一般平常夫妇关系和恋爱关系连梦想都无法企及的。晚年他自己也盲目之后，还依然能够侍候春琴身边而不犯大过也不是偶然的事。佐助终其一生都未娶妻妾，从丁稚学徒时代开始到八十三岁终老为止，除春琴之外一个异性都没有接触过，自然没有资格拿其他妇人作比较来说三道四，不过他晚年鳏居生活之后，时常向左右的人夸口春琴肌肤之光滑四肢之柔软为世间所罕见，那已成为他老后唯一的重复语言。他常常伸出手掌来说师父的脚正好可以搭在这手掌上，又一面抚摸着自己的脸颊说连她脚跟的肉都比我这里还要光滑柔软。前面已经写过她个子娇小，穿上衣服看来虽然身体相对显得苗条，然而赤裸时肉体却意外丰满，肌肤格外白皙，直到上了年纪皮肤依然保持年轻光泽。平素喜欢吃鱼和鸡肉，特别是鲷鱼所做的菜色她最喜爱。据说以当时妇人来说真是令人惊讶的美食家，也喜欢浅尝好酒，晚餐小酌一合从不缺少。或许这也有关系吧（盲人吃东西时常令人有贪婪卑下的感觉，突然平添怪可怜的印象，况且是妙龄美女的盲人，春琴知道这点，因而在不知不觉间除了佐助之外忌讳让外人看到自己饮食的姿态，若有客人招待时也仅形式上略微举筷而已，总给人极为高尚的印象，其实居家饮食极为奢侈，虽然不至于大吃但米饭能轻松吃下两碗，佐菜副食也每盘一一轮流运筷，菜色品数繁多，因此让供餐准备的人相当麻烦费事，简直就像以刁难佐助为目的似的。佐助逐渐变得擅长于烹煮沙锅鲷鱼剔骨取肉，剥除虾蟹外壳，香鱼等可以整条完好不变形下从尾部将鱼骨干净利落地剔除）。秀发非常多而柔软，有如棉花般松软，手指纤细手掌伸屈自如，也许经常拨弄琴弦的关系指尖十分有劲，徒手打人脸颊相当疼痛。体质虽然容易上火，但偏冷。即使盛夏时肌肤也不知流汗，脚经常冰一般冷，四季常穿内有棉絮的夹袄，或穿绉绸小袖当睡衣，下摆任其下垂以便充分包住双脚入睡，而这样的睡姿一夜竟然丝毫不会变样。因为嫌燥热而不用几炉也不用热水袋睡觉，实在太冷时就让佐助将她双脚抱入怀里焐暖，即使这样还不容易暖起来，反倒连带把佐助的胸部也焐凉了。入浴时为了不让澡堂充满蒸汽，连冬天都让窗户略开着，只能在微温的热水里浸泡一二分钟就得起身，反复连泡几次，要是长久浸泡便会立刻开始心悸，因此不得不尽量在短时间内暖身，并急忙洗净身体。像这些事情知道越多就越能真正体察佐助的辛劳。而且这些在物质上的酬报却相当微薄，薪资常常只有津贴的程度而已，往往连买香烟都感到困窘的地步。衣服之类只在过年和年中才领一次工作服而已。虽然也协助师父做代理助教的工作，却没有得到特殊地位的认定，门弟和女侍们被命令称他为“佐助仔”，出门授课时常让他在玄关口等候。有一次佐助蛀牙疼痛，右侧脸颊严重肿起，入夜后更加痛苦难当，却仍勉强忍着不动声色，几次悄悄出去漱口，一面注意着唯恐气息不佳一面继续工作，终于等到春琴准备就寝，命他按摩肩膀推拿腰背，他依照吩咐按摩一阵之后，又说好了帮我温脚吧，于是恭恭敬敬地在她裙摆旁躺下袒开胸怀将她的脚底搭载于自己的胸膛上，然而胸前竟如冰一般冷，反而脸因寝具闷气的关系而滚滚发烫，牙痛更加激烈难当，于是用肿起的脸颊代替胸部焐她的双脚勉强镇住疼痛。不料春琴竟忽然不悦，一脚踢开他的脸颊，佐助冷不防哎哟一声，跳了起来。春琴说不用再焐了，人家叫你用胸口焐可没叫你用脸焐，脚底没长眼睛这是明眼人和盲人都一样的，别想瞒着人了，你大概牙在疼吧，看你白天的样子就知道了，而且右边脸颊和左边脸颊热度不同，肿的程度也不同，连脚都非常清楚，看来是相当疼吧，你坦白直说不就得了，我也不是不懂得怎么带人的，然而你却一面装成一副忠心耿耿的模样，一面拿主人的身体来冰镇你的牙疼，这未免太狂妄自大喧宾夺主了，这种坏心眼，真可恶！春琴对待佐助的方式多半就像这样，尤其当他对年轻女弟子稍微亲切一点，或为她们指导琴艺时就会不高兴，偶尔有这种疑虑时，表面上虽不动声色露出嫉妒的意思，然而却会以更恶劣的方式来对付他，这种情况佐助最是为难。

女人盲目又独身的话，要说多奢侈也很有限，就算再怎么恣意华衣美食也不过如此，但春琴一家主人加上底下使用的五六个人每月生活费用金额却不算少数。为什么会这么花钱和需要人手呢？第一个原因是她有养鸟的嗜好。其中她最钟爱黄莺。今日善啼的黄莺一只也有要价一万日元的，想必往日情况也不相上下。话虽如此，今日和往日听辨啼声与赏玩方式似乎仍有几分差异，不过首先就以今日为例来说，有叽啾、叽啾、叽啾、叽啾的啼法，也就是所谓黄莺出谷在飞越溪谷时的啼声，也有呵——奇——贝卡康似的啼法即所谓的高音，在呵——呵吉啾呜的基本啼法之外，如果有这两种啼法的话，价值自然比较高。这是一般野生黄莺不会啼的，偶尔会啼也不会啼成呵——奇——贝卡康而只会啼成呵——奇贝洽，所以不清亮。能拉出贝卡康——这康的金属性美丽余韵，是可以用人为手段来培养的。就是把野生黄莺的小雏鸟在尾巴还没长出来以前活抓来，让它跟随其他师父黄莺练习啼唱。

如果等到尾巴长出来以后才要教的话，因为已经学会母亲的粗笨啼声，便已经无法矫正了。师父级黄莺原来也是这样以人为方式教导出来的。著名的有叫做“凤凰”和“千代之友”等，各拥名号。这么一来，如果听说何处某氏府上拥有如此这般名鸟的话，家里养有黄莺的人常会为了自己的黄莺而远赴那名鸟所在的地方去造访，请求对方教授啼法，这种练习称为去附声，大多从一大清早出发，要连续去好几天。有时也由师父黄莺外出往某一固定场所授课，众多弟子黄莺集合于周围，仿佛大合唱教室般壮观。当然每只黄莺素质各有优劣，声音各有美丑，同样是黄莺也有擅长低音和高音，婉转迂回余韵悠长的，与不擅长的等等各有不同，因此获得一只优秀黄莺并非容易。果真能获得的话，则可以指望将来会有丰厚的教授费收入，因此价格高也是理所当然的。春琴家里养的黄莺最优秀的取名号为“天鼓”，朝夕以听那啼声为乐。天鼓的啼声真是不同凡响，高音“康——”清澈无比，而且余韵绕梁，可以说达到人工的极致，如同乐器声音般让人不觉是鸟的啼声，而且声音悠长，既有张力又有光泽。因此天鼓的照顾方式就非常郑重讲究了。例如食物都必须注意再注意，先将普通调配黄莺的研磨饲料，也就是先将大豆、糙米炒熟磨成粉状，再混合米糠制成白色粉状饲料，另外准备以鲫鱼和桃花鱼干磨成的粉称为鲫鱼粉，两种各半混合，再滴入捣碎的萝卜叶汁，调制方法相当麻烦。此外为了让啼声美妙，还得去捕捉一种巢食于野葡萄蔓草茎中的昆虫，每天喂食一到两只。为了饲养五六只这样费功夫的鸟，手下就得经常有一到两人专门负责这些杂务。此外黄莺在看到人的时候是不会啼唱的，必须养在叫做饲桶的桐木箱鸟笼里，加装纸障密闭起来，从纸外透入些微光线，这饲桶的纸障则用紫檀或黑檀木等高级木框施加精巧雕刻或镶镂蝶贝，描绘四时花鸟，极为精致讲究情趣，其中不乏骨董名品。今日虽有百日元二百日元五百日元等高价已不稀奇，但当年天鼓的鸟笼据说是远从中国来的舶来逸品，镶的笼骨乃紫檀所制，腰间嵌有琅玕[1]翡翠面板，上面细细雕刻山水楼阁，真是高雅极了。春琴经常在自家起居室旁临窗的地方放置这鸟笼专心入神地聆听着。天鼓优美的声音委婉啁啭时，她心情便十分愉悦，因此手下的人都非常用心勤快地加水添料让鸟啼唱。黄莺大体在晴朗的日子特别喜欢啼唱，因此天气不好时，春琴脾气也跟着别扭。天鼓的啼唱在冬末春初最是频繁，到了夏天紧跟着次数逐渐减少，春琴忧郁的日子也就渐渐增多。本来黄莺如果擅长饲养的话也算是长寿的鸟，但这需要非常细心注意才行，如果让没经验的人来养的话很快就会死掉。死掉的话又会买新的黄莺来递补。春琴家初代天鼓活到八岁时死去，后来暂时得不到可以继承的第二代名鸟，经过数年后才终于又渐渐培养出足以与前代媲美的黄莺，于是再度命名为天鼓加以爱惜赏玩。“第二代天鼓啼声灵巧美妙非比寻常，足以与迦陵频伽[2]比美，朝夕将笼置于座右钟爱有加，且经常让弟子等倾听此鸟啼声，然后谕曰，汝等倾听天鼓之歌唱，可知原来虽为无名雏鸟，但若从幼小开始磨练功夫，定当不致落空，该啼声之美与野生之莺相异，或有人曰，如此乃人工之美非天然之声，不如在深山幽谷漫

---

① 中国产的一种硬玉，深绿色半透明的美石，自古即被用于装饰。

② Kalavinka 的音译。在喜马拉雅山中拥有美妙声音的鸟，在《阿弥陀经》中亦指于极乐境界发妙音传法。

步寻芳探春之时，忽从遮蔽眼前的流霞深处传来啼声的林野黄莺之声风雅，然而妾不以为然，林野黄莺乃因得天时地利始能听来风雅，如单论其声则未必可称美矣，反之若能听到像天鼓般之名鸟啼啭，虽居室内却可想象置身幽邃闲寂山林峡谷之风趣，潺潺溪流之声与峰顶樱花之叆叇——皆可浮上心眼心耳，花与霞均在该声中具备，让人浑然忘却自己置身红尘万丈的都门之内。此乃以技工与天然风景及其美质相争也，音曲之秘诀亦尽在其中。且屡屡以此耻笑训斥愚钝弟子，曰虽为小禽尚且能解艺道密事，汝等生为人类竟不如鸟类。”话虽有理，然而动辄拿黄莺来相比，以佐助为首的门下弟子们也常常感到消受不了。

除黄莺之外，其次她也喜爱云雀，这种鸟有朝天飞扬的习性，即使关在笼中也常爱往高处飞起，因此鸟笼形状通常是纵向细长形的，高度达到三尺四尺五尺不等。然而同样是云雀的声音，真正要欣赏还是要放出鸟笼，让鸟飞到看不见身影的高空中，云雀一面飞进云端深处，啼声一面传回地上来，这样听才最美妙。换句话说，在欣赏云雀冲进云端自由飞翔的特技。大抵云雀在空中停留一定时间后会再次飞回鸟笼里来，停在空中的时间大约十到二三十分钟，停留时间越长越是优秀，因此云雀竞技会时，鸟笼一列排开放着，大家同时打开笼门，把云雀放出空中，最后回来的云雀得胜。劣等云雀回笼时，偶尔会搞错，飞进旁边别家的笼子里，严重的甚至偏差远离一二里外。不过通常都会分辨出来，回到自己的笼子。大凡云雀都垂直往上飞，停留在空中一个定点再垂直下降，那么自然可以回到原先的笼子。所谓切云并不是切开云往旁边飞，看起来会像切云，其实是云飞掠云雀而过的关系。淀屋桥一带春琴家邻近地方的居家者，在风和日丽的温暖春日看见盲目女师父走出晒物台来，把云雀放出，空中飞扬，并不觉得稀奇。她身旁总有佐助随身陪伴侍候，并有一名女佣跟随照顾鸟笼，女师父一声令下，女佣便打开鸟笼，任云雀喜悦地一面发出吱吱的啼声，一面高高升起直到身影没入云端深处。女师父抬起看不见的眼睛，继续追逐鸟的踪影，一心入神地倾听云间传来不断的啼声，有时也有同好的人各自带着自己自豪的云雀来举行竞技活动。这时附近的邻居们也会走上自家的晒物台来听云雀的啼声。其中也有些家伙与其说是想看云雀，不如说想看美丽女师父的容颜，町内年轻人本来整年都看惯了的，但任何时代都不乏特别好事的痴汉，每次听到有云雀的啼声时，就想到可以拜见女师父而急忙跑上屋顶去。他们会那样骚动，或许正因她盲目而特别令人感到魅力不凡和深度不同，好奇心不禁被勾起。平常由佐助牵着手出外教琴时，她只默默不语，表情严肃，然而在放云雀时却会开朗地笑起来，甚至谈笑风生，或许因此美貌显得格外生动活泼。除此之外，她也饲养知更鸟、鹦鹉、绣眼、白颊等，有时各种鸟都各养五六只之多，这些花费都不寻常。

她是属于所谓对内严厉的类型，外出时却非常亲切热络，去做客时言语动作极为优雅自然，流露娇美风情，实在难以想象她在家中是个虐待佐助、打骂弟子的妇人。此外仪表装饰喜欢豪华，婚丧喜庆过年过节的送礼等，也以鵙屋家小姐的身分相当慷慨大方，出门时侍应使女的小费、轿夫人力车夫等的打赏也出手大方。不过这么说来是不是浪费无度的人呢，绝对不是。过去笔者曾在题为《我所见的大阪及大阪人》[①]一文中论及大阪人的节俭生活模样，东京人的奢侈是不分里外的，可是大阪人不管看来多么喜欢豪华气派，一定也会在别人不注意的地方撙节不必要的开支。春琴也是生在道修町的商家，这方面怎么会有疏漏？她一方面喜欢极端奢侈，一方面却也极端吝啬贪婪。本来秉性就爱炫耀，具有竞相比赛豪华气派的不服输气魄，如果没有这层目的的话是不会虚妄浪费的，换句话说不会乱花冤枉钱，做情绪化的胡乱挥霍，而会考虑用途针对效果，这点算是有理性、会精打细算的。因而有时会在不服输的精神下反而变形为贪婪，例如从门弟收取的膝付[②]和月谢，以女人之身大凡应该和其他师父们相当即可，却因自视甚高竟要求与一流检校同等金额而不稍让。如果只是这样倒也还好，却连弟子们送来的中元岁暮赠礼之类也要干涉，总希望能多收一点，极其执拗甚至还暗地里以嘲讽透露本意。有一次，一位盲人弟子只因家贫，每月的谢师礼金也常滞纳，中元节时没有余力送礼，只送了一盒白仙糕[③]来，并向佐助诉说苦情，务必请您代为转达致意，请师父可怜我的贫穷从宽体谅。佐助也觉得可怜于是诚惶诚恐地转达了他的意思，正在为他陈述辩护时，春琴却忽然脸色一变，不是我对月谢和赠礼啰嗦讲究，或许你们认为我这是贪心其实并不然，金钱多少无所谓，不过如果不定出个大概标准的话，师徒的礼仪就无法成立，这孩子每个月连谢师

① 作者昭和七年(1932)二月至四月于《中央公论》连载的随笔。
② 学生入门时送给老师的礼金。
③ 大阪的甜点，羊羹之一种。

礼金都会拖延了，现在还带着一盒白仙糕来，说是当作中元礼物，实在是无礼至极。要是被人家耻笑，说这是拿来轻蔑师父的也没辙。不好意思既然这么贫穷，那么他要想在艺术之道有所成就恐怕很难，当然因情况和天资品级不同而有分别，并不是不可以免费教授，但那也只限于对方是前途有望万人惜才的麒麟儿才行，能够克服贫穷成为一方名家的人，应该是与生俱来就有不凡天分的，光靠毅力和热心无法成其事。那孩子只有厚脸皮比别人强，艺术方面我看倒没什么指望，说要人家可怜他的贫穷，也未免自视太高了，与其冒冒失失带给别人麻烦自曝羞耻，不如断然放弃这条道路，如果还想再学，大阪好师父多的是，要到什么地方去当弟子，就自己请便吧，我这里到今天为止，请他不用再来，你就去告诉他，说我谢谢他了。话已出口，再怎么道歉都不再听得进去，终于真的拒绝了那个弟子。此外如果有人多带了礼物去时，平日授课那样严格的她，当天一整天都会对那个弟子和颜悦色，无意间还不免吐露一点夸奖的言语，反倒让听的人感到不是滋味，觉得师父的夸奖是一件可怕的事。像这样各方送来的礼她都要一一亲自过目吟味，连点心礼盒也要打开查看，每个月的收入支出等，都叫佐助过来用算盘确实结算出来。她对数字非常敏感，擅长心算，听过一次的数字就不容易忘记。付给米店多少多少，付给酒铺多少多少，连两三个月前的事都记得一清二楚，毕竟她的极度奢侈都是利己性的，自己有多耽于奢侈就必须从其他方面苛扣回来，结果账便转到下人份上。在家里头她一个人过着贵族般的生活，却强求佐助以下的用人过得极度节俭，因此他们过的是像拿指甲当蜡烛烧般的日子，连每天消耗的饭量都要斤斤计较，说长道短的，因此连吃饭都无法完全吃饱。听底下人暗中抱怨，师父还说黄莺和云雀比我们懂得忠义的道理呢，它们懂得忠义也难怪，因为师父看待鸟比看待我们要来得重要啊。

鵙屋家在父亲安左卫门还在世时，每月都会依春琴的需求送生活费来，然而自从父亲去世兄长继承家业之后，可就不再能随心所欲地索求了。今天有闲妇人的奢侈虽然已不稀奇了，然而昔时连男子都未必能够这样，富裕家庭，尤其坚守礼仪的世家，衣食住行无不谨慎，避免过于奢侈、有所僭越而招人物议。讨厌与暴发户为伍的春琴，被容许过着奢侈生活也因出于怜惜她身体不全、没有其他乐趣的父母亲情，到了兄长掌家的世代果然有所阻难，每月定出最大限度的若干金额，如有超过似乎已不再有求必应。她的吝啬可能和这也有关系。虽然如此，但金额依然足够支持生活而有余，因此琴曲的教授等收入其实想必是可有可无，对待弟子能那样趾高气扬也就顺理成章了。事实上真正来叩春琴师门的人数其实不过寥寥无几。因此她才有空暇耽溺于小鸟的消遣娱乐。只是春琴在生田流的三味线琴艺，在当时大阪可以算是首屈一指的名家，这绝不是她自己的自负而已，公平的人也都承认，连憎恨春琴傲慢的人心中也不得不暗暗嫉妒或害怕她的琴艺。据笔者所知的一位老艺人说，年轻时候常听她弹三味线，这人原是净琉璃的三味线琴师，虽流仪各有不同但他说近年地呗[①]的三味线从未听过能弹出像春琴这样微妙琴

① 江户时代初期开始在关西地区盛行的三味线歌谣的总称。有组呗（合唱）、手事物（乐器独奏）、语物（说唱）等之分，也有与琴合奏的。

音的人。而且据说团平在年轻时，曾经听过春琴演奏而叹息道，可惜她不是生为男子不能弹太棹[①]，本事这么杰出却无法成为名人。团平之意，太棹是三味线艺术的极致，但除非男子无法究其奥义，言下之意表示春琴天赋异禀，可惜生为女子，或者感觉春琴的三味线弹得具有男子的阳刚特质。根据前述老艺人说，春琴的三味线在背后听来声音极为清亮爽脆，令人感觉像男子所弹，据说音色不仅美妙，并富于变化，有时发出具有沉痛深度的声音，以女子来说似乎是稀有的妙手。如果春琴能够稍微圆融一些，知道待人要谦虚一点的话，她的名声应该更加响亮。然而因为生于富贵之家不解生计之苦，一味随性任意行动而令世间敬而远之，正因她的才高反而树立四方敌人，平白埋没了她的才华。虽然可以说是自作自受，但也不得不说是一大不幸。至于进入春琴门下的弟子，都是向来佩服她的实力，深信除她之外再无其他人可以师事，为了修业心甘情愿接受苛酷鞭挞，不管怒骂打掷在所不辞，都先有觉悟有备而来。虽然如此还是有不少人中途无法再继续忍受长期的苦修，完全没有经验的初学者更连一个月都熬不过。其实春琴的授课方式往往不止“鞭策”，发展到故意恶意责打的地步，甚至带有嗜虐色彩。或许名人意识也有几分助长这种倾向。换句话说社会上容许这种教法，门下弟子也有所觉悟，因此觉得好像越这样做越能成为名人似的，于是渐渐变本加厉终于到达无法自制的地步。

① 为义太夫节伴奏的乐器，棹粗的三味线。

据鵙泽照女说，弟子人数真的很少，其中有的是看上师父美貌而来学习的，初学的外行徒众大概多半属于这种。美貌未婚又是资产家千金，因此会让人这样想也是理所当然的。她对待弟子非常严厉，据说也是击退那些半带冷嘲眼光的好色狼辈的手段。不过说来讽刺，这样似乎反倒招来人气。试着随便推测猜想，或许真正认真学艺的高段弟子之中，也不乏因盲目美女的教鞭尝到不可思议快感的，比起琴艺修业，这方面更吸引他们，这种人不是绝对没有，几个甚至像卢梭[①]那样。现在将开始叙述降临于春琴身上的第二个灾难，传中因避免明白记载而对该原因和加害者未能明白指出，诚然遗憾，不过如上所述，弟子中有某一位因为怀恨在心对她加以复仇是最合理的解释。在这里可以想到的是土佐堀的杂粮商美浓屋九兵卫的儿子、名叫利太郎的少爷，生性相当放荡，过去会以游艺自豪，不知从何时开始进入春琴门下学习琴和三味线。这人以父母的身世骄矜自傲，到处以少爷德性横行霸道仗势凌人，还把同门弟子看成自家店铺领班下人般轻视，因此春琴心中早觉得无趣，然而却因他送礼十分丰厚的效应作祟，让她无法拒绝，尽量不去得罪他。于是他竟然到处吹嘘连师父都要对我另眼看待，尤其轻蔑佐助，嫌弃他的代理授课，说是除非师父亲自教授否则自己不愿听从，逐渐得寸进尺，连春琴都感觉非常气愤。话说他父亲九兵卫原为了养老，选了天下茶屋一处幽静地点修筑一座葛家葺茅草屋顶的雅致隐居别庄，庭园种有十余株老梅树，有一年二月在这里举行赏梅宴

---

① Jean Jacques Rousseau(1712—1778)，法国十八世纪的代表性启蒙思想家。提倡民主主义思想和感情的解放，对法国革命与浪漫主义产生巨大影响。但据说因为少年时代环境不佳，欠缺爱情以致拥有受虐倾向。

会，曾经招待过春琴。总指挥就是这位少爷利太郎，另外请来一帮助兴的艺人和艺伎，不用说春琴是由佐助陪同前往的。当天佐助一直被利太郎和助兴的艺人们频频劝酒，感到非常为难，最近虽然因为陪师父晚酌，酒量稍微增进一些，其实不太能喝，外出时向来被禁止碰杯，若非师父许可是滴酒不沾的。唯恐喝醉了对重要的牵手任务有任何疏忽闪失，因此常装成喝的样子含混敷衍过去，然而当天却被眼尖的利太郎识破，师父，如果没有师父您的许可佐助仔是不敢喝的啦，今天大家不是来赏梅花的呢。利太郎粗声大气地来纠缠她，春琴只得苦笑着适度应付道，算了喝一点倒无所谓，不过可别让他喝得太醉哟。好了这下得到许可，于是这边也来敬酒那边也来敬酒，就是这样佐助还是拘谨紧张地把七分酒悄悄倒进洗杯器里勉强喝着。当天座上一帮助兴的艺人艺伎过去都曾听过大名鼎鼎的女师父，今日当面亲眼目睹果然名不虚传，犹如盛开樱花的艳姿和气韵，让在座的人无不惊艳不已，纷纷赞美起哄。有几分可能也因为察知利太郎的心意，故意讨他欢心而奉承的。不过春琴当时虽然已经三十七岁，看来却比实际年龄确实年轻十岁，肌肤怎么看都异常白皙，看着她领口的人都不禁要心跳发冷的地步。那细嫩光滑的小手端庄地放在膝盖上，略微低垂的盲目脸孔美艳得令在场的人眼光全集中在她身上看得出神入迷。有一件更滑稽的事情是，当大家都走出庭园逍遥漫步时，佐助牵着春琴一面引导她在花间静静缓慢移步前进，一面说“您看，这是梅花噢”一面在老梅树前一一停下来，握着她的手去抚摸树干。大凡盲人都不得不以触觉来确认东西的存在才能真正体会，因此欣赏花木也已习惯这样的方式，然而看到春琴用纤纤玉手频频环绕抚摸粗糙虬结的老梅树干的模样时，忽然有人发出奇怪的声音“啊，真羡慕梅树”，又有一个人竟走出群众堵在春琴面前，以一副小丑嘴脸做出疏影横斜[①]的姿态来说“俺便是梅树也”，闹得大家哄然大笑。这些原本只是撒娇起哄赞美春琴的表现而已，并没有侮辱她的意思。不过不习惯于欢场游里恶俗玩笑的春琴却很不高兴，平常总希望人家把她当明眼人一样，讨厌被人差别对待，因此这种玩笑最是触动她的肝火。终于到了入夜重新回到席间开始晚宴时，利太郎说，佐助仔你大概也累了啰，师父就交给我来服侍，那边已经准备好了呢，就请过去喝一杯来吧。佐助依照所言离席，又怕被随便乱灌酒，不如先把肚子填饱，于是退到另一个房间先接受菜饭招待，不料才端起饭来正要张口时，一个拿着酒瓶的老妓却紧紧黏上来，连说来一杯呀，来一杯呀，竟然多耗了些时间，吃过饭有一会儿还没见有人来叫他，于是仍在那边等候着。而这时候席间又发生了什么事呢？请把佐助叫来。春琴这样要求却被强行挡驾，利太郎说道若要去洗手间的话，我可以陪您去呀。便把她带到走廊，不知道是握了她的手还是怎么，春琴连说不用，不用，还是快叫佐助来。用力把他的手甩开，就那样站定不动了，佐助跑过来，一看脸色就知道不对。结果心想如果这家伙能因此不再来上课也就罢了，不料那色狼没有得逞却不肯罢休，第二天竟还厚着脸皮若无其事地来上课。既然这样我就认真地来教训你，如果吃得消就来试试看吧，春琴忽然一改平常的宽容放任，开始严格地要求起来。这样一来利太郎也感到不知所措，每天流三斗之

① 这里是模仿梅树姿态的意思。中国宋代诗人林逋《山园小梅》诗中有“疏影横斜水清浅”的句子。

汗[1]开始连喊吃不消。本来那自以为是的琴艺被吹捧着时倒还弹得顺利，这时不客气的怒骂却凌空飞来，恶意挑剔刁难之下，再也无法忍受，练琴上课便常常借故偷懒，态度渐渐蛮横起来，怎么教都故意弹出无精打采的弹法，终于被春琴骂道："笨蛋！"拿起琴拨打他，不料弹回来伤到眉间皮破血流，利太郎怪叫一声："唉哟，好痛！"血竟从额头滴滴答答滴下来，他压着血撂下一句："给我记得——哼！"便愤然从座位上站起来走掉，从此不再露面。

另一种说法是加害春琴的人可能是住在北新地一带的某少女的父亲。这位少女原是预备将来要当艺伎，目前正在艺伎养成班学艺中的下地子[2]，拜在春琴门下接受严谨的琴艺训练。有一天被琴拨打到头部哭着逃回家去，那伤痕正好留在额头发际破了相，因此父亲比少女本人更气愤不平怀恨在心。这位父亲可能不是养父而是亲生父亲，心想虽说是修业，但虐待一个年龄幼小的女孩也该有个限度，将来赖以营生最重要的容貌，现在有了瑕疵，怎么可能就此罢休，于是以相当激烈的言词诘问师父打算怎么处理。生性倔强的她还以强硬的态度反问对方说，我这里教法本来就严格，来学的人大家都知道，如果受不了为什么要来学。父亲也不服输地说道要打要骂不是不行，不过眼睛看不见的人这样就太危险了，不知道会在什么地方造成伤害，盲人就应该注意用盲人的正经教法啊！看样子一

---

① 斗为尺贯法的容量单位，一斗为十升，夸大形容量极多。
② 幼小女子被送到安置艺伎的地方，加以各种技艺训练，准备培养到将来正式当艺伎。

副要诉诸暴力的气势。因此佐助赶紧插进来打圆场，总算一时把场面调停下来，将对方劝了回去。春琴脸色发青，全身发抖，沉默不语，到最后终究没能吐出任何道歉的言词。这位父亲可能因为女儿美貌受损怀恨在心而对春琴的容貌做出恶作剧的报复。不过就算是发际，不管是额头正中央或耳朵后面或什么地方留下一点伤痕，就怀恨在心，造成改变一生容貌的惨烈危害，就算是心疼自己孩子而气愤不过的父母心，这样的报仇也未免太过固执了。何况对方是个盲人，美貌变成丑貌对本人其实造成的打击还不算大，如果只是以春琴为目标的话，应该还有其他更痛快的方法吧。仔细观察之下，复仇者的意图不仅在于让春琴受苦而已，好像有让佐助更悲叹的意图，这样一来，以结果来说最令春琴痛苦了。这么想来前述少女的父亲似乎不如利太郎的嫌疑重。真相不得而知。利太郎的单恋热度达到什么程度无从知道，不过很多年轻人比起比自己小的女孩，更迷恋年纪较大的女人的美感。或许无恶不作之余，这也不是那也不是，亢奋的结果反倒为盲目美女蛊惑，起初只是一时冲动失态，但伸出的手不料却被对方断然甩开，甚至连眉间都被戳破，所以才使出这种恶劣至极的报仇泄恨手段也不是不可能。不过总之因为春琴树敌过多，所以或许还有其他什么人以某种原因怀恨在心也不一定，很难一概断定就是利太郎。而且也不一定出于什么痴情原因，就算金钱问题上，像前面已经说过贫穷而盲目的学生被她残酷对待的并不只一两个。此外虽然没有利太郎那样厚脸皮，不过嫉妒佐助的人倒也有几个。因为佐助处于一种奇怪的地位，担任“牵手”的漫长期间里隐藏不住的关系在同门弟子中尽人皆知，对春琴有意思的人无不羡慕佐助的艳福，有时看到他那体贴入微的服侍模样，心里难免起反感。如果是受到正式丈夫或情夫待遇倒还没话说，可是他看来表面上虽完全一副只是担任牵手任务的仆人而已，却从按摩到三介[①]的杂役等举凡春琴身边的大小事情全都包办，还装成一副忠实尽责的模样，可能让知道背后底细的人难免吃醋。那样的牵手，虽然有点辛苦不过我也能做啊，有什么稀罕的！不少人暗中不免这样嘲笑他。那么冲着憎恨佐助，如果春琴的容貌在一夜之间有了可怕改变的话，那家伙不知道会有什么表情？难道这样他还能照旧如常体贴入微地照顾她吗？才怪呢，这下倒有好戏可看了。这种完全出于声东击西的敌本主义[②]行为动机也不是不可能。总之臆测纷纷，难以判定孰是孰非。这时也有一种有力说法，是转向完全意外的怀疑方向，就是说不是门弟，而可能是生意上的同行敌手，也就是某检校或某女师父。虽然并没有证据，但这或许是最具洞察力的观察也未可知。因为春琴居常傲岸，认为琴艺之道自己乃天下第一，世间也有承认这事实的倾向，这件事很伤同业师父们的自尊心，有时甚至构成威胁。所谓检校是往昔从京都开始给予盲人男子的一种崇高“地位”，拥有特定衣服，乘坐车轿，有并非寻常艺人之辈所能享有的待遇，而这些人的技艺居然不如春琴，这种传闻对于盲人来说尤其怀恨更深。或许总想设法葬送她的技艺和评价，因而想出阴险手段也不一定。曾经听说有人在技艺上出于嫉妒而让别人喝下水银[③]的例子。春琴的情况是兼有声乐和器乐两方面，因此

---

① 即三助。在钱汤大众澡堂烧热水，替客人洗背的男人。

② 隐藏真正意图，装成另有目的的行动。故事根据明智光秀宣布出阵攻打备中的毛利氏，却在途中忽然告知部下“敌在本能寺”，转而出其不意地袭击正在本能寺的织田信长。出典《日本外史》。

③ 据说喝过水银声音将被破坏。

据说是人家看准她爱美的虚荣心和对自己容貌的自豪，于是想改变她的容颜，让她再也无法在公众之前露面。如果加害者不是某检校就是某女师父的话，那么就连以才貌自豪都会讨人厌，能破坏她的容貌自然就能尝到一层快感。如此这般各种可疑原因都细细数过之后，就可以察知春琴其实已经处于迟早总是非被人下手不可的状态了，她在不知不觉之间已经在四面八方种下了祸根。

就在前述天下茶屋赏梅之宴后，经过大约一个半月的三月下旬月阴的夜晚丑时，也就是凌晨三时左右，“佐助听见春琴痛苦呻吟之声，惊醒过来冲到隔邻寝室，急忙点起灯火察看，不知何人已撬开雨户躲进春琴寝室，已察知佐助快速起来的动静，但未得一物似乎仍不愿逃走，四周不见人影。此时贼子仓皇失措之余，顺手将铁瓶投向春琴头上而去，雪白丰颊顿时被热汤余沫溅上，可惜留下一点烫伤痕迹。本来只是白璧微瑕，往昔花颜玉容依然未变，但从此以后春琴甚以自己脸上些微伤痕为耻，常以绉绸头巾覆面，终日隐居室内，不再出现人前，即使近亲门弟也难以窥知其相貌，因此产生种种风闻臆说。”这是《春琴传》的记载。传中继续曰：“盖负伤轻微对天赋美貌几乎无损。不愿见人乃出于她的洁癖所致，微不足道的伤痕却引以为耻，实可说是盲人的过虑。”又曰：“然不知是何因缘，经过数十日后，佐助亦为白内障所困，两眼变成一片黑暗。佐助发现自己眼前一片朦胧变得无法辨视物体形状时，忽然以盲目的怪异脚步走到春琴前面，狂喜地叫道，师父啊，佐助终于失明了，已经可以一生都不再看到师父脸上的瑕疵了，真是盲目得正是时候啊，这一定是天赐的恩惠。春琴听了之后怃然良久矣。”从佐助的一片衷情考量，也可以明白事情真相，虽然令人不忍，不过从这传记前后的叙述可以看出应该是故意曲笔写成的。他偶然得白内障的说法也令人难以置信。又春琴不管有多洁癖或盲人的过敏也罢，既然无损天赋美貌的微小程度火伤，又何需以头巾覆面，并讨厌见人呢？事实上是花颜玉容已经被残酷地毁损了。根据鴫泽照女等其他二三人的说法是，贼子预先潜入厨房生火烧水待沸腾后，提起那铁瓶闯入寝室将铁瓶口朝春琴头上从正面倾倒泼注滚烫热水。从一开始就有预谋，所以并不是什么普通的盗物贼子，也不是一时狼狈之余所做的行为。那一夜春琴完全失去知觉，到第二天早晨才恢复意识，但烧伤溃烂的皮肤花了两个月以上，伤口才完全干燥愈合，可见伤势相当严重。至于相貌的改变也有种种奇怪的传闻，说是毛发剥落左半边变成秃头的风闻，也不能以毫无根据的臆测予以排除。虽然佐助从此以后失明可以不再看见，但“即使近亲门弟也难以窥知其相貌”这种说法又如何呢？不可能任何人都没有看过吧，就像现在这位鴫泽照女应该也看过。只是照女也和佐助一样重感情，绝对不向人透露春琴容貌的秘密。我虽然试着探问过，但她却说佐助先生深信师父始终是容貌美丽的女士，因此我也这样想，并没有告诉我详细情形。

佐助在春琴死后经过十余年后曾经向侧近的人谈起他失明时的经过。当时的详细情形才渐渐明白起来。换句话说春琴遭凶汉袭击的那天夜晚，佐助如同平常那样睡在与春琴寝室相连的房间，听到不寻常的声音醒过来，有明行灯[1]的灯光竟然熄灭了，周遭一片漆黑，只听见春琴的呻吟声。佐助一惊跳了起来，连忙把灯点亮，然后提着那灯赶到铺在屏风另一边的春琴床前，并在模糊的灯光经屏风泥金底反射的瞬间明亮中环视房间一周，没有任何凌乱的形迹，唯有春琴枕边有一个铁瓶被人丢下，春琴在棉被中不动地仰卧着，但不知为什么竟哎哎呻吟着。佐助原以为春琴正被梦魇所困，师父怎么了呢？师父，走近枕边准备摇醒她时，不料她竟然呼叫着掩住双眼，佐助、佐助，别瞧我，我的样子被害得很惨哪，别看我的脸，春琴还在痛苦呻吟之下说着，身体继续闷闷挣扎，双手拼命挥动想掩藏住脸的样子，请放心我不看你的脸，我这就闭上眼睛，佐助于是把行灯拿开，她听到这话才稍微放松些，但从此竟不省人事昏迷了过去。后来也始终在梦中继续呓语，你们谁也别看我的脸，这件事情要保密，她继续这样说。不用担心，等烫伤痕迹治好之后，还会恢复原来容貌的，虽然这样安慰她，不过这种程度的大烫伤，颜面不改变是不可能的，这种安慰话，她当然听不下去，只一味叫人别看她的脸，意识恢复之后更加这样叮咛。除了医师之外连对佐助都不愿意显示负伤情况，换膏药和绷带时都把全部人赶出病房之外。那么佐助就只有在当天深夜赶到枕边时，瞬间瞥见烫烂的脸一眼而已，看虽然看见了，却不忍正视立刻把脸别开，因此幸而在行灯摇曳中，只留下像是看见某种远离人间的怪异幻影似的模糊印象。据说后来也只看见从绷带中露出的鼻孔和嘴唇而已。试想起

① 从前点到天亮的灯。用大型四方木框糊以纸罩，中间放置小碟装油燃火，于夜间照明。

来，正如春琴害怕被看到一样，佐助也害怕看到。他每次走近病床时，总是尽量闭上眼睛或把视线转开，因此春琴的相貌到底改变到什么程度，他实际上并不知道，同时也主动避开可以知道的机会。然而凭着养护有道，伤势已经迅速朝痊愈的方向进展。有一天佐助一个人独自侍坐在病房中时，春琴忽然不放心地问道，佐助你看到了吧？佐助连忙回答，没有、没有，您吩咐过不可以看的，我怎么会违背您的交代呢？春琴接着又说不久伤口愈合以后，绷带就不得不拆掉，医师也不会再来了，这么一来其他人姑且不管，只有你，这张脸是免不了会让你看到了。好胜的春琴或许也一股气受到挫折，竟忍不住落下泪来，从绷带上频频压着擦拭两眼，让佐助也黯然说不出话来，只能陪着一起呜咽。我一定会不看您的脸，请安心吧，佐助仿佛有所承诺似的说。然后过没几天，春琴已经可以从床上起身，治愈到随时都可以拆下绷带无妨的状态了。就在这时分，有一天早晨大清早，佐助从女佣的房间悄悄拿出她们所用的镜台和缝针来，端坐在寝室，一面看着镜子一面把针往自己眼中刺进去，用针刺的话眼睛会看不见，他并没有这方面的具体知识，只想尽量采取痛苦较少的方法变成盲目而试着用针刺进左边的黑眼珠，要朝黑眼珠刺进去似乎并不容易，不过眼白的部分坚硬针刺不进去，黑眼珠却是柔软的，试过两三次后就碰巧噗哧一下感觉刺进了两分左右，忽然眼球出现一片白浊，自己知道正逐渐失去视力，既没有出血没有发热也几乎没怎么感觉疼痛，这是水晶球体的组织被破坏所引起的外伤性白内障。佐助接着又用相同方法施加于右眼，瞬间两眼都刺破了，据说本来刚开始还模糊地看得见物体形状，经过十天左右之后才完全看不见。过一会儿，等春琴起床走出来后，他一面摸索着一面走到后面的房间去说道，师父，我已经变成瞎眼了。从今以后一辈子都看不见您的脸了，在她面前叩头说道。佐助，你说的是真的吗？春琴只说了这么一句，便长久之间沉默下来沉思着。佐助在有生以来和往后的岁月之中，从来没有比这沉默的几分钟之间感觉活得更快乐过。这和据说昔日恶七兵卫景清[①]有感于赖朝的气度断绝了复仇之念，一面誓言此生再也不要看到此人，一面即刻将自己两眼挖下一般，虽说动机不同，但心志之悲壮则相同。虽然如此，春琴对他的要求难道就是这样吗？后日她流着泪诉说道，是不是因为我遇到这样的灾难之后，你猜想我希望你也变成盲目呢？很难忖度她是否有这样的意思，不过在“佐助，你说的是真的吗”这短短一句问话中，佐助耳里听来感觉到她好像喜悦得战栗着似的。而且在默默无言相对之间，只有盲人才有的第六感，正在佐助的官能中开始萌芽。这时她唯有感谢一个念头，除此之外别无其他，春琴这样的心意，他自然了然于胸体会得到。过去虽然有肉体交涉，心与心却被师徒关系的差别所隔开，这时才第一次感觉到两人的心互相紧紧拥抱，彼此交流合而为一。少年时候在壁橱中的黑暗世界里开始练习三味线时的记忆油然苏醒过来，但心情却已和那时完全不同了。大凡盲人因为对光只有方向感而已，因此盲人的视野是模糊而明亮的，并不是全然的黑暗世界，佐助现在才真正知道。由于失去了外界的眼力，取而代之竟打开了内界的眼力。呜呼，这才真正是师父所住的世

① 平景清(生殁未详)。平家一等刚勇的武士大将。在坛之浦败北降于源氏，后绝食而没。有谣曲《景清》、近松门左卫门作的净琉璃《出世景清》等歌颂景清盲目的故事。

界啊，这下他渐渐感觉到可以和师父同住在一个世界了，他已经衰败的视力，无法分辨房间的模样，也无法看清春琴的身影了，只有绷带所包裹着的容颜所在还朦胧地映在昏白的视网膜上，他感觉那并不是绷带，而是两个月前师父圆满微妙的白皙容颜，在浑沌的明亮光圈中如同来迎佛①般浮现着。

佐助不痛吗？春琴问。不，不痛。跟师父的大难比起来，这一点小事算得了什么？那天晚上我竟然睡得不知道有恶人偷偷潜进来，让您吃了那样的苦头，想来想去都是我的疏忽，每天晚上让我睡在隔邻的房间，就是为了要注意这样的意外，结果竟然发生这样严重的大事让师父您受了苦，自己却平安无事，这怎么能够心安呢，应该受到惩罚的，我想求神降给我灾难，却祈愿无门，只好向祖先祈愿，朝夕膜拜。或许灵验了吧，感谢祖先让我一偿宿愿，今天早晨起床两眼就这样瞎了，一定是神明也听到我的心愿可怜我吧，师父，师父，我看不见师父改变的样子了，现在仍然看得见的，只有那三十年来已经烙在我眼底令我怀念的容颜。请依照一向以来那样，毫无顾忌地把我放在身边随意使唤。眼睛忽然瞎掉之后，可悲的倒是动作举止不顺心，想要做好吩咐交代的事情，恐怕也会东倒西歪慢吞吞的，至少身边杂事的照顾，希望能不假别人的手。他把自己盲掉的眼睛转向感觉春琴脸部所在的一片昏白圆光照

① 净土宗和真宗等净土信仰中，有德的人临终之际（上品往生），会有从西方极乐净土随菩萨来的阿弥陀佛相迎。平安朝中期以来的佛像画中常常可以见到。

过来的方向时，春琴说亏你能为我下这么大的决心，我觉得很高兴，不知道我惹谁忌恨了，竟然受到这样的遭遇，不过我老实说出内心的真话，现在这样的姿态就算被外人看到了也好，就是最不愿意让你看到，难得你倒真能体察我的心意。啊，真谢谢你。听到这句话时的高兴，是失去双眼时没有料到，也难以换得的，想让师父和我伤心悲叹遭遇不幸的家伙，不管是何方的何许人，如果想借改变师父的容貌让我烦恼为难的话，我就不看，只要我也成了瞎眼，那么师父的灾难就等于没有了，刻意苦心设计的企图也就化为泡沫，这一定大出那家伙的意料之外。其实我哪里有不幸，反而感到无上的幸福，卑鄙胆小的家伙计谋无法得逞，让他栽栽跟头，想到这里心里就觉得好爽快。春琴道，佐助你就不用再说了。于是盲人师父和徒弟两人相拥而泣。

将祸害转而化为福气的两个人，后来生活怎么样呢？知道得最清楚而目前还在人世的就只有鴫泽照女了。照女今年七十一岁，住进春琴家当一名入门弟子是从明治七年十二岁时开始的。照女从佐助学习丝竹之道，一方面也在两位盲人之间担任斡旋角色，称不上牵手，只负责一些联络工作。因为一个是忽然成为盲目的人，一个虽说从幼就开始盲目，却连举筷子都不用自己动手，向来依赖成性的奢侈妇人，因此无论如何都需要有担任这种角色的第三者介入其中。本来决定雇用一个灵巧少女的，自从采用照女之后，看上她为人老实，深得两人信任，就那样长久让她服侍了。春琴死后她还继续服侍佐助，据说到他获得检校地位的明治二十三年为止，仍然留在身边。照女明治七年开始到春琴家来的时候春琴已经四十六岁，是遭遇灾难后经过九年岁月，已经是有相当年纪的妇人了，容颜因为细故不让人看，而且也交代他们不准看，经常穿着双层纹羽的被布①，坐在厚厚的座垫上，用浅黄鼠色绉绸头巾将头包到只能看到鼻子一部分的程度，让头巾边缘下垂到眼睑上方，连脸颊和嘴唇也遮住。佐助将眼睛刺瞎时已是四十一岁的初老年纪，这时才开始失明想必多么不方便。虽然如此，即便春琴稍有痛痒，也留意紧伺近旁，尽量让她减少不方便的感觉。这样的努力看在旁人眼里，也令人疼惜同情。春琴向来不中意别人的照顾，自己身边琐事是明眼人所无法做好的，长年习惯之下，佐助最知道她的习性。举凡衣裳的穿戴、入浴、按摩、上厕所，依然还要烦劳他来服侍。那么照女的任务与其说是协助春琴，毋宁说主要在帮忙佐助处理身边杂务，绝少直接接触春琴的身体。只有吃饭的照顾无论如何没有她不行，其他只在传递物品时会间接协助佐助的服侍。例如入浴时陪两个人走到浴室门口为止，在那里就告退了，直到拍手声响起才再去迎接。这时春琴已经从浴室走出来，穿上浴衣戴上头巾了，中间的事情都由佐助一个人来做。盲人的身体由盲人来帮忙洗，这到底是怎么一回事？也许就像过去春琴用手指触摸老梅树干时那样吧。非常费事自不用说，因为万事都是这样做的，因此很麻烦，真让人看不下去。竟然能够受得了，旁人实在难以想象，但两个当事人却把这样的麻烦当成一种享受，在不言不语之间，微妙的爱情就那么交互流

① 穿在和服外面的一种外套。前面交叉，领口开四方形，以衣带系住。江户时代后期，文人僧侣爱用，明治以后妇人、小孩也开始常穿。

动着。想必失去视觉的相爱男女，在触觉世界的享乐程度到底不是我们所能想象得到的。那么佐助对春琴的奉献式服务，和春琴怡然接受并需求这服务，彼此始终不感到厌倦，倒也不足为奇。而且佐助除了陪伴春琴之外，稍有余暇还尽可能拨时间多教几个男女徒弟。当时春琴自己开始一直窝居在一个房间里度日，赐予佐助琴台的称号，门下弟子的教授工作全部交由佐助接手过去继续教，音曲指南的招牌也在鵙屋春琴的名字旁加上较小的温井琴台名字。然而因为佐助的忠义和温顺向来已经令近邻共同感到同情，因此门下反而比春琴时代热闹。有一件滑稽的事情是，当佐助正在教弟子时，春琴则一个人在后面的房间听黄莺啼声听得入迷，但不时有需要借助于佐助之手的时候，即使正在授课中，也“佐助！佐助!”地呼叫他，于是佐助不管手头正在做着什么都会暂时丢下，立刻走进后面的房间去。顾虑到必须经常陪在春琴身旁，便不出外授课，只在家里招收弟子。在这里应该补充一句，那时道修町的春琴本家鵙屋的老店已逐渐家道中落，每月生活费的补助也经常断绝。如果没有这种情况的话，佐助又何必这样辛苦教授音曲呢？这只残缺不全的鸟在一面忙碌之间还要一面随时飞奔到春琴身旁，一面上着课还要一面担着心呢。而春琴想必也为了同样的事情而担心烦恼吧。

一手接下师父的工作之后，佐助虽然力量单薄，却也挑起了一家的生计，但为什么没有正式和她结婚呢？春琴因为自尊心使然到现在还在拒绝吗？照女从佐助自己口中听说，春琴的气势已经大为挫折，佐助看到这样的春琴心里不免悲伤，无法将春琴视为悲哀的女人可怜的女人。毕竟佐助已经对现实闭上了双眼，飞进一个永远不变的观念境界了。在他的视野中，只有过去的记忆世界，如果春琴因为灾难的关系个性有了改变的话，这个人已经不是春琴，他无论如何还是总把春琴想成过去那骄傲的春琴，不然现在他所看到的美貌春琴就会被破坏掉。那么不想结婚的原因，与其说在春琴不如说在佐助了。在佐助的心目中，现实中的春琴是唤起观念上春琴的媒介，因此为了避免成为对等关系，反而不但继续维持主从的礼仪，甚至比以前更加卑下地恪尽服侍的忠诚，努力让春琴尽早忘记不幸并找回昔日的自信。现在还和以前一样甘于接受微薄的薪资，和下男同样粗衣淡饭，将收入都全额奉上供春琴花用，其他方面则因为经济拮据而减少下人的人数，在各方面节俭开支，唯有在能给她安慰的方面却一点也没有遗漏。因此盲目之后的他，可以说比以前更加倍劳苦。根据照女的说法，当时门弟们看佐助穿着实在太寒酸了，觉得可怜，有人暗示他不妨稍微修饰边幅，但他并不肯听。而且现在还禁止门弟们称呼他为“师父”，却要他们称呼“佐助桑”，这倒叫大家为难了，于是尽量刻意避免出口称呼。照女因为职务上的关系，不可能不称呼，于是已习惯称春琴为“师父”，称佐助为“佐助桑”。春琴死后佐助把照女当成唯一的谈话对象，因此偶有机会就会耽溺于亡故师父的昔日回忆，也是因为这个关系。往后几年他当上了检校，以当时的身分其实可以不再忌惮任何人，而能被称呼师父或琴台先生了，但他还是喜欢照女称他为佐助桑，不许她用尊称，过去他曾对照女提过，也许谁都会认为眼睛瞎掉是不幸的事，但是我自己盲目以后，却没有尝过这种感觉，反倒觉得这个世界仿佛变成极乐净土了，好像只有我和师父两个人一面活着一面住在莲台[①]之上似的。这么说来是因为眼睛瞎掉之后，眼睛还明亮时看不见的许多东西都开始看得见了，师父容颜的美丽能仔细地看得更清楚，也是在眼睛瞎掉之后。此外也才终于真正知道她的手脚有多柔软、肌肤有多光滑、声音有多清脆美妙。我觉得很不可思议，为什么在眼睛还明亮的时候竟然没有感觉到这么细微呢？尤其自己对师父三味线的奇妙琴音，是在失明之后才开始吟味到的，虽然口中曾经说过师父真是此道的天才，但终于明白那真正价值和自己技巧的不成熟，两相比较之下差距实在悬殊得令我惊讶。过去没有领悟到这点真可惜，自己开始能够反省自己的愚昧了。其实如果说这是神明为我打开了心眼也不无道理。师父曾说过自己也正因为成为盲目才能尝到明眼人所不知道的幸福。佐助所说的到底只是出于他的主观，或者多少也和客观一致，虽然还有疑问，不过别的暂且不提，光就春琴的技艺来说，她的遇难成为一个转机而有了显著进境倒是真的。就算春琴在音曲上多少有天分的恩赐，如果没有尝尽人生的辛酸苦辣，要领悟艺道的真谛[②]恐怕相当困难。她向来被娇宠惯了，要求别人十分严苛，自己却不知道辛劳和屈辱，谁也无法折损她的高傲态度，然而上天却在她身上降临痛烈的试练考验，让她徘徊于生死边缘，打击粉碎她的增上慢[③]。试想起来，袭击她容貌的灾祸，在各种意义上反倒成为一道良药，无论在恋爱方

① 死后到极乐净土的人所坐的莲花座。

② 佛教上的真理。转而用于指真实、真味、根本等。

③ 本为佛教用语，尚未获得最高法（真理），却自以为已经得到，转为指超过自己实力以上的傲慢态度。

面也好，艺术方面也好，或许都教给她过去所梦想不到的三昧境界。照女屡屡听到春琴为了打发无聊时光而独自抚琴弄弦，也看到佐助就在她身旁低垂着头，恍惚入神一心一意侧耳倾听的光景。而许多弟子们听到从后面居室传来精妙的拨弦声音，也一起讶异不已，据说他们纷纷讨论那三味线是不是有什么特殊装置。这时代的春琴不仅在弹弦技巧上有所精进，似乎并在作曲方面也很专注，常常在深夜悄悄徒手轻轻弹弦串缀琴音，照女记得的就有《春莺啭》和《六之花》二首曲子，前几日照女弹给我试听，足以窥知春琴也富有独创性，真的具备作曲家的天分。

春琴于明治十九年六月上旬开始抱病，在生病的几天前还和佐助两人走下中前栽，打开爱玩的云雀鸟笼放雀儿飞上空中。照女看到盲人师徒二人互相手牵着手，仰头望着天空，倾听从遥远的方向传下来云雀的啼声，云雀一面频频啼叫一面飞进高高的云间，久久还不下来，让两人好不担心，等了一个多小时还是没有回到笼里来。春琴那时有点怏怏不悦，不久之后脚气就犯了，入秋以来情况转而沉重，十月十四日以心脏麻痹长逝。除了云雀之外，所饲养的黄莺第三世的天鼓在春琴死后还活着，但佐助久久无法忘记悲伤，每次听到天鼓的啼声就会暗自落泪。一有空暇便在佛前上香，有时抚琴，有时拿起三弦来弹奏《春莺啭》。歌词以“緡蛮黄鸟①止于丘

① 意思指啼声美妙的黄莺。“緡蛮”形容鸟啼啭的声音，“緡”与“绵”同。“緡蛮黄鸟，止于丘隅。”语出《诗经·小雅·鱼藻之什》。

隅”开始的这首曲子，因为是春琴的代表作，或许是她倾注了全部心魂，歌词虽短却附带有技法非常复杂的乐器间奏，春琴就是一面听着天鼓的啼声，一面获得此曲灵感的。手事间奏的旋律有如黄莺冻泪眼模糊①似的，在深山幽谷雪开始融化的初春时节，水势增涨的潺潺溪流间，风声呼呼响起松籁，东风造访原野山林，梅花盛开如云似霞，芬芳扑鼻，四野花团锦簇正是景色宜人，从山谷飞向山谷，枝头跳到枝头，移转啼唱的鸟儿心事，皆在隐约间倾诉净尽。生前她每次弹奏这首曲子时，天鼓也总会欣喜地从咽喉间啁啭啼唱着，与弦乐的音色交相竞技。天鼓听到这首曲子时，或许回想起出生故乡的溪谷，怀念那辽阔的天地，憧憬那灿烂的阳光吧。佐助继续弹着《春莺啭》，魂却不知道飞到什么地方去了。习惯于以触觉世界为媒介凝视观念中春琴的他，是否也凭借听觉来弥补那欠缺呢？人只要不失去记忆，就能够梦见故人，然而像佐助这样只能在梦中才能看到生前对象的人，什么时候是死别，恐怕都难以分清了。顺便一提，春琴和佐助之间除前述之外，另有二男一女，女儿于分娩之后死去，两个男孩都在婴儿的时候就让河内的农家领养走了。春琴死后佐助似乎没有想见遗孤一面或领回的意思。孩子也不愿意回到盲目亲生父亲身边。如此这般佐助晚年既无子嗣也无妻妾，只有弟子们继续看护，于明治四十年十月十四日，光誉春琴惠照禅定尼的祥月忌日，以八十三岁高龄去世。这二十一年来，都孤独活着之间，想必他心中已创造出与在世时的春琴完全不同的春琴，他所看

①《古今和歌集》卷一春歌上有“二条之后初春御歌　雪中春来黄莺冻　泪眼如今正模糊”。

到的容貌姿态或许已越来越鲜活了。佐助刺瞎自己眼睛的事情传到天龙寺的峨山和尚[1]耳里，他说能于转瞬间断绝内外，使丑转回为美，其禅机[2]可嘉，庶几达人所为。但不知读者诸贤是否也能首肯。

---

① 桥山峨山（1852—1900），临济宗的僧侣。京都人，五岁时出家，明治三十二年成为天龙寺住持。以有德高僧知名，著有《峨山禅师言行录》。

② 在禅中悟得道理的契机。

吉野葛①

① 日本奈良县的吉野以樱花著名，是个充满神秘色彩的神仙境地。也出产和纸、葛粉。葛根制成的雪白葛粉是制作半透明和菓子甜点的材料之一。

之一　自天王

我到大和[①]的吉野[②]深处游历，已经是大约二十年前，明治末年或大正初年的事了，当时和现在不同，还是个交通不便的时代，到那样的深山——以现在的说法是到所谓“大和阿尔卑斯”的地方，到底去做什么呢？——这有必要先从缘由说起。

读者之中或许有人知道，那地方自古以来，在十津川[③]、北山[④]、川上之庄[⑤]一带，现在还有关于当地农民称为“南朝[⑥]大人”或“自天王大人”等南帝[⑦]后裔的传说。这是自天王——相当于后龟山帝[⑧]的玄孙，人称北山宫的大人实际住过的地方。这是历史学家也承认的事实，决不只是传说而已。极其概略地来说，普通中小学历史教科书上，南朝的元中九年、北朝的明德三年，将军义满[⑨]之代，曾经有过两统[⑩]合体的和议，所谓吉野朝就是以这个时期为限，从后醍醐天皇[⑪]的延元元年起，历五十余年而废绝。后来嘉吉三年九月二十三日半夜，有一位称为楠二郎正秀的人推举大觉寺[⑫]统的亲王万寿寺宫，忽然突袭土御门内里[⑬]，偷出三种神器[⑭]躲藏于壑山，有这般事实。据说当时，受追兵攻击的亲王自杀身亡，神器中宝剑和神镜虽被取回，但唯有神玺仍留在南朝这边手中，因此楠氏[15]越智氏[16]一族等更奉两位亲王之子举义兵，由伊势到纪井，纪井到大和，逐渐逃到北朝军所到达不了的奥吉野偏僻山区深处，推崇大王子一之宫为自天王，二王子二之宫为征夷大将军，改年号为天靖，在不易被敌军窥知的峡谷之间，拥神玺六十余年之久。然而竟被赤松家的遗臣所欺，二位王子被袭击，大觉寺统终于完全走上了末路，是在长禄元年

---

① 日本旧国名之一，相当于现在的奈良县全境。平安朝迁都以前历代天皇皇居所在地。

② 山川秀丽，自古就以樱花闻名。地势险峻，历代天皇、武士、僧侣至此避难或修行，留下许多古迹。

③ 奈良县南部的河，穿越吉野山南流入和歌山县与北山川，合流成为熊野川，注入太平洋。上游称天川，十津川村长久与世隔绝，风俗习惯与他地相异，村民质朴刚健，居于吉野山背之地，尽忠于南朝。

④ 奈良县吉野郡上北山村和下北山村。以杉木林业为主。

⑤ 吉野川最上游的村庄。

⑥ 又称吉野朝。日本南北朝时代(1336—1392)，除了足利氏所拥立的京都持明院统朝廷称北朝之外，后醍醐天皇于延元元年(1336)十二月，另奉神器离开京都进入吉野建立南朝。到元中九年(1392)十月后龟山天皇回归京都为止的五十七年间，在吉野的正统朝廷称为南朝。

⑦ 南朝天皇。

⑧ 第九十九代天皇。后村上天皇的皇子。南朝诸臣势力衰微，另一方面京都足利义满苦于兵乱渴望和平，迎天皇返京。南北朝对立时代结束。

⑨ 室町幕府第三代将军足利义满(1358—1408)。足利尊氏之孙，足利义诠之子。

⑩ 镰仓时代到南北朝时代，日本一度形成两统迭立现象。指两位天皇和其子孙轮流继承皇位。公元一二五九年，已退位的后嵯峨天皇逼后深草天皇退位，另立自己的第七子为龟山天皇，从此后深草子孙持明院统皇室，和龟山后裔大觉寺统皇室形成对立。镰仓幕府居中调停，决定由两方轮流继任皇位，称两统迭立。

⑪ 后醍醐天皇(1288—1339)，第九十六代天皇(在位 1318—1339)。后宇多天皇之皇子。

⑫ 位于京都右京区嵯峨大泽町的大觉寺，是真言宗派的大本山。本是嵯峨天皇的离宫。与皇室尤其南朝渊源极深。后嵯峨天皇、龟山天皇、后龟山天皇先后在此出家。

⑬ 桓武天皇于公元七九四年从长冈京迁都至京都，称平安京，直到一八六八年明治维新明治天皇迁都东京为止，日本历代天皇都住在京都御所。历经几次火灾，一三三一年光严天皇将御所内里的土御门东洞院殿定为临时皇居。

⑭ 象征天皇神权的三件神器，即八咫镜、八尺琼曲玉和天丛云剑。

⑮ 河内国(现在大阪府东南部)的豪族，活跃于南北朝时代的南朝武家。本姓橘氏。

⑯ 由孝灵天皇的第三皇子伊予皇子之子越智王子开始的氏族，自古以来在伊予国越智郡拥有势力。子孙以水军活跃于濑户内海。源平之战为源氏一方立过战功。盛名直到明治时代。

十二月，因此总计算来，从延元元年到元中九年为五十七年，再到长禄元年为止计六十五年，其实总共达一百二十二年之久，在这期间，总之继承南朝传统的后裔在吉野，与京城方面呈对抗之态势。

从远古的祖先开始就一心效忠南朝方面，向来继承偏向南朝传统的吉野居民，说到南朝现在还坚持数到这自天王为止，不是"五十余年，而是继续了百年以上"。他们这般主张也难怪，我过去少年时代也因为爱读《太平记》[①]的机缘，而开始对南朝的秘史深感兴趣，想以这自天王的事迹为核心，试写成历史小说——很早以前就怀有这样的计划。根据收集川上之庄口传的书籍记载，据说南朝遗臣等一时恐惧北朝方面的袭击，而移到现在大台原山麓的入之波，潜往伊势之国边境的大杉谷方面，人迹稀少的深山奥底，迁到名为三之公谷的溪谷，在那里建立王室御殿，神玺则藏匿于某岩窟中。此外，根据《上月记》[②]、《赤松记》[③]等之记载，预先佯称降于南帝的间岛彦太郎[④]以下三十名赤松家的残党，于长禄元年十二月二日，趁大雪之际意外肇事，擅自袭击大河内之自天王御所，又冲进神之谷的将军宫之御所。王自行挥太刀防御，终被叛贼所毙。贼夺下王之首级及神玺逃出，于途中受大雪阻于

① 以南北朝时代为背景的军记物语。述说一三一八年至一三六八年约五十年间的事迹。日本近世文学受《太平记》的影响，诞生了许多军记物语。作为兵法书，也影响了战国武将和历代武士。

② 上月氏是中世播磨守护赤松氏的一族。播磨又称播州，相当于现在兵库县西南部，临濑户内海(包括神户和姬路一带)。当时事迹留下的记载《堀秀世上月满吉连署注进状》俗称《上月记》。上月氏的居城上月城，也是赤松氏代代的居城。

③ 赤松氏兴起于播磨国佐用郡赤松村，代代繁衍分出许多支族，称为赤松三十六家。元弘之乱时，赤松则村追随护良亲王举兵，成为播磨的守护。

④ 赤松氏众部族之一，间岛氏之主彦太郎，实名雅元。

伯母峰岭间，将天王首级暂埋于雪中度过一夜。然而据说翌晨吉野十八乡之庄司等追踪而来，奋战之中，被埋之御首从雪中喷出血来，立刻被发现而夺回。以上事迹因不同书籍记载虽多少稍有出入，但《南山巡狩录》[①]、《南方纪传》[②]、《樱云记》[③]、《十津川之记》等也都有记载，尤其《上月记》和《赤松记》为当时实战者老后亲自写下之遗记，或由其子孙之手所记录者，应无怀疑余地。根据一书记载，王之年龄方十八岁。又嘉吉之乱[④]时，一度灭亡的赤松家之所以能够再度兴起，即因当时亲弑南朝之二王子，将神玺送返京城的功绩得到报偿之故。

到底从吉野的深山到熊野地方一带，由于交通不便，因此长久存在和古老传说及历史有渊源的世家也不足为奇。例如后醍醐天皇行幸时，一时权充居所的穴生之堀氏行馆[⑤]等，不仅从前建筑物的一部分现在仍保存当时的原样，连子孙现在也还住在该屋里。此外《太平记》大塔宫[⑥]流落熊野的一段中，所出现的竹原八郎[⑦]一

---

① 以南朝为中心的编年史。编者大草公弼。叙述从元弘元年(1331 年)元弘之乱至元中九年(1392 年)南北朝统一为止的事迹。

② 又称《南朝记》。和《樱云记》类似。以南朝为主的史书、军记。

③ 南北朝时代南朝盛衰及后南朝的史书、军记。成书于江户时代前期。由于南朝的舞台吉野以樱花著名，故书名樱云。记载文保二年(1318 年)二月至长禄三年(1459 年)六月长禄之变为止，以南朝为主体的编年史。

④ 室町时代嘉吉元年(1441 年)，播磨国(现兵库县西南部)、备前国(现冈山县东南部)和美作国(现冈山县东北)的守护赤松满佑，暗杀室町幕府第六代征夷大将军足利义教。

⑤ 穴生是吉野村的一个地名，后醍醐天皇潜行吉野时，乡士堀孙太郎信增将自己住宅迎接天皇，暂住数日。后来村上天皇，后龟山天皇都曾住过。为日本重要文化遗产。

⑥ 后醍醐天皇的皇子，大塔宫护良亲王，十一岁时入延历寺，于比叡山的大塔修行，法名尊云，世人尊称他为大塔宫或大塔公。《太平记》中记载护良亲王隐遁于熊野，转往十津川，在竹原八郎、户野兵卫的协助下，以吉野山为据点，和幕府军对峙和激战。

⑦ 南北朝时代的武将，元弘之乱时迎大塔宫护良亲王到自己家住了半年。

族——王子曾暂时御驾驻留，和本家女儿之间曾产下王子，这竹原氏子孙也人丁旺盛。此外更古老的时候，在大台原山中有一称为五鬼继①的部落，——当地人说那是鬼的子孙，决不和那部落通婚，他们也不想和自己部落以外的人结亲。并自称为役行者②之前鬼的后裔。这一切都因是这样的土地特色，因此号称他们拥有服伺过南朝王子们的乡士血统，被称为“筋目者③”的世家为数众多，现在柏木附近每年二月五日祭拜“南朝大人”，在将军之宫的御所遗迹，神之谷的金刚寺举行庄严的朝拜仪式。当天数十家“筋目者”被容许穿着附有十六菊御纹章④的礼服，可以就座代理知事或郡长等的上位席次。

我所得知的这各种资料，难免为一直在构思中的历史小说计划，更增添了热度。南朝、樱花之吉野——深山奥底的秘境——十八岁英姿焕发的自天王——楠二郎正秀——隐藏于岩窟中的神玺——雪中喷血的天王首级——光试着这样排列出来，已经没有比这更绝妙的题材了。总之场景太美了。舞台中有溪流、断崖，有宫殿、茅屋，有春樱、秋枫，这些都可以充分取来活用。而且并非毫无根据的空想，而是正史不用说，纪录和古文也完备得没得挑剔的地步，因此作者只要把被赋予的史实适当安排，应该就可以写成有趣的读物了。但，如果能在那之上，稍微施加润色，适度插入口述和传说，有些地方采取特有的

---

① 前鬼与后鬼是服侍役小角（修验道创始者）的夫妻鬼，有五个孩子，称五鬼。名真义、义继、义上、义达、义元。

② 又称役小角。日本修验道的始祖，大和国葛城上郡茅原村人，是飞鸟时代至奈良时代的知名咒术师，被文武天皇所流放。平安时代山岳信仰盛行，朝廷追赠“行者”尊称，之后通称役行者。

③ 具有拥护南朝的乡士血统者。

④ 十六瓣菊花为日本皇室专用的家徽。

点景、鬼之子孙、大峰[①]之修验者[②]、熊野参拜巡礼等记载，创造与王匹配的美丽佳人——大塔宫王子的子孙的公主等也可以，将更有趣吧。有这些材料，为什么过去没有引起稗史小说家的注意，觉得真不可思议。不过据说有马琴[③]所作的《侠客传》这未完成的作品，虽然没读过，但据说是以楠氏的一位女子，姑摩姬这虚构的女子为主的故事，因此可能和自天王的事迹无关。此外，据说德川时代有一两篇关于吉野王的作品，但那到底多少是根据史实则不清楚。总之以世间普遍流传的范围之内，无论是读本、净瑠璃[④]或戏剧，都未能亲眼接触。因此，我想趁着谁都还没沾手之际，自己务必先把那材料处理妥当。

然而，这时候，很幸运的是，由于一件出乎意料之外的因缘，而能亲自去到那深山里，听到各种有关当地的地理和风俗。说来就因一高[⑤]时代的一位姓津村的同学——他本人虽是大阪人，但亲戚住在吉野的国栖，因此我也几次透过津村得到造访该地的方便。

以“kuzu”发音的地方，在吉野川沿岸附近有两处。下游地方以“葛”字配音，上游地方则以“国栖”字配音。以和飞鸟净见原天皇[⑥]——

① 从吉野山到大峰山的山岳地带，山峰连绵，古代称为大峰。往大峰的道路是由修验者从熊野开辟的。横跨和歌山、三重、奈良三县的纪伊半岛，山岳地带森林密布。

② 修验道是日本古来山岳信仰受外来佛教影响所形成的宗教，成立于奈良时代，盛行于平安时代。和密教关系深远，也被视为佛教的一派。开祖是役小角（役行者）。修验道的实践者称为修验者或山伏。常在山间徒步、修行。

③ 曲亭马琴一七六七年生于日本江户，本名泷泽兴邦，马琴是他许多笔名之一。著作中以《南总里见八犬传》最著名。

④ 以三味线伴奏的日本传统说唱艺术。江户时代由近松门左卫门发扬光大。

⑤ 日本一八八六年创立的第一所高等中学，简称一高。是现在的东京大学教养学部（驹场校区）、千叶大学医学部、药学部的前身。又称“旧制一高”。当时聚集全国优秀师资和学生，作育国家栋梁人才。毕业生多半进入东京帝国大学。

⑥ 天武天皇，日本第四十代天皇。舒明天皇第三子。天智天皇的胞弟，曾因皇位继承问题，避难于吉野，与大友皇子（弘文天皇）间发生壬申之乱取得胜利，于飞鸟净御原宫继位。在位期间制定“飞鸟净见原律令”，建立律令体制，加强皇室权力的制度化。

天武天皇有因缘的谣曲著名的是后者。但葛和国栖都不是吉野名产葛粉的产地。

葛不知道怎么样，国栖那里，村民多半以造纸为生。而且是以现在都很稀奇的原始方法，将楮树的纤维泡在吉野川的水中，以手抄方式制成纸张。而且据说该村很多人姓“昆布”这样的怪姓，津村的亲戚也姓昆布，且以制纸为业。是村里规模最大的一家。据津村的说法，这昆布氏也是相当古老的世家，应该和南朝遗臣的血统多少拥有关系。我是在造访这家时方才知道写成“入之波”[1] 的字要读成“潮之波”，而“三之公”则是“三之子”的意思。此外根据昆布氏的说法，从国栖到入之波，越过五社岭的险峻山路，有六里多的路程，从那里往三之公，到达峡谷口有二里，到最深处，从前自天王居留的地点，超过四里以上。不过也只是听说而已，从国栖一带也绝少有人去到那样上游的地方。只是据顺流而下的竹筏师傅的说法，山谷深处人称八幡平的凹地有烧炭的部落五六个，从那儿再走五十丁到尽头称为隐平的处所，确实有所谓王之御殿的遗迹，也有曾经奉安神玺的岩窟。但从山谷入口起的四里之间，则是完全没有像路的路，全是可怕的断崖绝壁的连续，因此连到大峰修行的山伏（修验者），都无法轻易进入那里。一般柏木一带的人，会前往入之波的河边涌泉泡温泉，再从那里折回来。其实据说如果仔细探察山谷深处的话，可以发现有无数温泉从溪流中喷出，由明神泷开始即悬挂有几处飞瀑，但知道那绝景的人只有少数樵夫或烧炭者而已。

---

① 川上村的秘境温泉乡，以治神经痛的碳酸涌泉驰名，包围在美丽的吉野杉森林之间。

这竹筏师傅的说辞，让我的小说世界感觉更加丰富。本来有利条件已经相当齐备了，现在从溪流中能涌出温泉，这说起来又为写作题材添加一项再理想不过的题材了。但我只是从远处调查能查得到的事情而已，如果那时候没有津村的邀约的话，恐怕也不会真的去到那深山僻地里去。能够收集到那么多的题材，就算不去实地访查，其余也可以凭自己的空想来进行。而且有时那样反而方便，不过津村好意邀约“机会难得要不要来看看”，是那年的十月底，或十一月上旬。津村有事要去拜访上述国栖的亲戚，因此，就算未必能去三之公，但只要能到国栖附近走一趟，看看大致的地势和风俗，一定也有参考价值。不必一定限于南朝的历史，土地总是土地，从中也许可以发现和那不同的材料，足以充作两三篇小说的素材。总之不会白费，何不趁这机会发挥一下职业意识？如今正好秋高气爽，最适合旅行不过了。虽然是以樱花著名的吉野，不过秋天也很不错。——他这样说。

那么，开场白未免太长了，因为有这样的关系因此我忽然想出门远行。尤其津村所谓的“职业意识”也推了一把，老实说，其实是以漫无目的的行乐为主的。

之二　妹背山

津村已经预先约定，某一天从大阪出发，在奈良若草山的山麓订了一家叫武藏野的旅馆。因此这边从东京搭夜班火车出发，中途在京都住一夜，第二天早晨到达奈良。武藏野旅馆现在也还在，但老板已经和二十年前的不同了，那时候的建筑物也老旧了，感觉颇为雅致。铁道省的饭店落成是在那稍后的事，当时那家和菊水就是一流的旅馆了。津村一副等得不耐烦，很想早一点出发的样子。奈良我也是旧地重游，于是干脆趁着难得的好天气没变之前，只在客厅窗前眺望一两小时若草山，便即刻出发了。

在吉野口转车，到吉野站有咯答咯答的轻便火车可搭，再往前就要沿着吉野川边的道路徒步前进了。《万叶集》里的六田之淀，——在杨柳渡头一带道路一分为二。右转是往赏花胜地的吉野山，一过桥立刻就是下千本①，关屋樱②、藏王权现③、吉水院④、中千本，每年春天赏花客人山人海络绎不绝的地方。其实我也来赏过两次吉野的樱花，一次是幼年陪伴上京观光的母亲，一次是高中时代，记忆中也是混杂在人群里沿这山路右转往上走，但这次往左边的路走还是头一遭。

最近，往中千本已经有汽车和缆车通行了，所以这一带可能没有人慢慢走着逛了，但从前来赏花的人，一定会从这岔道往右，来到这六田之淀桥上，眺望吉野川的河岸景色。

“啊，你看那边，那边看得见的就是妹背山。左边的是妹山，右边的是背山——”

当时导览的车夫，从桥的栏杆上指着川上的方向，让旅客不由得停下手杖来观望。过去我母亲也在桥中央让车子停下，把还不懂事的我抱起来，一边在我耳边低声说。

“嘿，你记得妹背山的戏吗？那就是真正的妹背山喏。”

因为是幼年的事情了，所以印象不是很清楚，不过还记得山区料峭的春寒中，四月中旬花开时节微阴天气的黄昏，远方白茫茫的朦胧天空下，只有风吹过河面掀起一道道细细的皱绸般的波纹，吉野川从层层重叠的远山之间，沿着峡谷流下来。在那山与山的缝隙之间，有两座形状可爱的小山，浮现在泛红的夕霭之间。虽然无法看出两座山是夹着河川相对的，但我从戏里知道，山在河流两岸。在歌舞伎的舞台上大法官清澄的儿子久我之助，和他的未婚妻雏鸟

---

① 吉野山的樱花自古闻名，以山樱为主的二百种三万棵樱花树，游客到达山下，先看到下千本，陆续上山看到中千本，行有余力继续往高处探寻，才能看到上千本，再往深山寻访又会发现奥千本。

② 从前是吉野山的关所，周边樱花据说是大阪平野的富商末吉勘兵卫所种。每年四月上旬开浅粉色单瓣樱花。

③ 吉野金峰山寺本堂的神像，是修验道的本尊。形像类似金刚童子，大眼怒目瞪视，右手高举持三钴杵，左手张开叉腰，右脚抬高如跃动状。象征追求解救迷乱众生的力量。

④ 吉野金峰山寺的僧坊，据说是役小角结庵的地方，后醍醐天皇曾经以此处为行宫，源义经、静御前曾经隐居于此，丰臣秀吉和宁宁也在此赏过樱花。留下一百二十多件重要文物和南朝数据，堪称文化宝库。

小姐，一个在背山，一个在妹山，隔着山谷筑高楼而居。那场面在妹背山的戏里也是童话色彩浓厚的地方，可能因此而强烈吸引了少年的心吧，当时听到母亲的话，就想到：“啊，那就是妹背山吗?”如果去到那河畔可能会遇到久我之助和那位少女，当时还耽溺在孩童式的幻想中。从此以后，我就一直忘不了那桥上的景色，偶尔就会怀念地想起来。于是二十一二岁的春天，我第二次到吉野来的时候，再度靠在桥的栏杆上，一边思念着去世的母亲一边望着河川上游的方向出神。河川正好从吉野山的山麓一带注入逐渐展开的宽阔平原，因此水势湍急的溪流情趣，逐渐转为“流往无山之国”的悠闲姿态。而且可以看见上游左岸的上市町，背后依山，前面临水，沿着一条街道，路边低矮的屋顶，错落点缀着白墙，是由朴素的乡间民房所形成的聚落。

我现在，正从这六田桥的桥头通过，在岔路口左转，往每次都从下游朝上眺望妹背山的方向走。街道沿着河岸笔直往前延伸，看起来是平坦而轻松的路，但据说从上市经过宫泷、国栖、大泷、迫、柏木，逐渐进入奥吉野的深山，到达吉野川的源流，越过大和与纪伊的分水岭，就可以出到熊野的海边。

因为从奈良出发得早，因此我们过午不久就进入上市町了。沿街两排民宅的模样，和从桥上所想象的一样，既朴素又古雅，有些地方靠河的一边没有房子，只剩单边有房子的街道，但大部分能眺望水的地方都被遮住，两侧被烟熏黑的格子窗，阁楼般低矮的二层楼房栉比鳞次地塞满道路两侧。边走边往阴暗的格子窗里窥探时，乡下房子固有的通往后门没铺地板的走道，土间的入口，多半挂着有屋号或姓名的挑白蓝染暖帘。不只店家，就是不再开店的人家，好像普遍也这样。正面的门面全都故意压低了似的屋檐低垂，面宽狭窄。但暖帘的尽头可以窥见中庭的树丛，有些也看得见另外加盖的别栋屋子。这边的房子可能都有五十年以上，甚至经过百年、二百年的。但，房子虽老，到处门窗的纸却都是新的。好像才刚换贴过丝毫没有污点，稍微有破的地方，也用花瓣形贴纸仔细补起来。那在透明的秋天空气中，冷冷地泛着白光。一则因为没有灰尘，所以才这么清洁，一则因为没有用玻璃门窗的关系，对纸的使用可能比都会人更神经质。像东京一带的人家，外侧会多装一层玻璃门还好，要不然纸很容易脏掉变暗，或风从洞穴吹进来，都不能置之不理。总之那纸门的颜色非常清爽，屋檐下窗棂的整齐格子，或隔扇拉门的熏黑色调，就像虽然贫穷但仪表端庄洁净的美女那样，看来清秀素雅、品格高尚。我望着那照在纸门上的阳光，深深感到了好一个清爽的秋天。

实际上，天空非常晴朗，但反射出来的光线却明亮而不刺眼，美得令人浑身舒畅。太阳绕到河川对岸，日光映在街道左侧的纸门上，而那反光则照到右侧家家户户的房子里。青菜店头排列的柿子尤其漂亮。甜柿、御所柿、美浓柿，各种形状的柿子，表皮受到户外阳光的照射，一粒粒像瞳孔般闪着熟透的珊瑚色光泽。连馄饨店玻璃橱里的馄饨也一颗颗珠圆玉润光泽鲜明。路上有些屋檐前铺着草席，放着畚箕，正在上面晒着炭渣。不知从何方传来铁铺子的铁锤声和精米机的沙沙声。

我们走到街尾，在一家馆子的河滨座位坐下来用过午餐。妹背山从那桥上眺望时感觉好像远在更上游的地方，但来到这里一看却变成就耸立在眼前的两座山。隔着河川，此岸是妹山，彼岸是背山，——《妹背山妇女庭训》[①]的作者，恐怕是在这里实际接触到这景色而获得那灵感的吧，不过这边的河面比戏剧中所见的要宽阔，并不是那么紧迫的溪流。就算假设两边山上有久我之助的楼阁和雏鸟的楼台，应该也无法那样互相呼应。背山那边，山脊连接后方的山峰，形状不齐，但妹山这边则完全是独立的一座圆锥形山丘。圆滚滚地披着一层绿树外衣。上市町一直连接到山下为止，从河这头望过去，房子背面，看来都是二层或三层的房子，从正面看来是平房，从后面看则变成两层楼。其中也有从楼上往川底拉一条铁线，将桶穿过那里，用绳子滑溜溜汲水上楼的。

"嘿，妹背山之后就是义经千本樱[②]了。"

津村忽然这样说。

"千本樱的话，应该是在下市吧，我听说过那儿有个钓瓶寿司[③]店的故事，——"

平维盛[④]假装成寿司店的义子隐姓埋名地藏在那里，是从净瑠璃那没什么根据的剧情传说的，下市町住着自称是他子孙的人，

---

① 歌舞伎和人形净瑠璃的戏曲名称。近松半二等多人合作。明和八年（1771 年）一月二十八日在大阪竹本座初次公演。故事以吉野的妹背山为背景。

② 歌舞伎《义经千本樱》故事发生在吉野山。剧情概要是，义经流亡到剑术老师法眼家前，留话家臣佐藤忠信照顾爱妾静御前。忠信不知此令。静事后来到法眼家，告诉义经忠信一路保护自己，奇怪的是忠信不在身边时，只要一拍"初音之鼓"忠信就会现身。经调查后发现"初音之鼓"是用狐狸夫妇的皮做的，小狐狸因想念双亲，变成忠信的模样一路尾随持鼓的静。义经被狐狸孝心感动，将"初音之鼓"送给狐狸答谢保护之恩。高兴之余狐狸变法术助义经打退追兵后消失无踪。

③ 奈良县吉野川的香鱼在下市町放入桶中加醋腌渍后做成寿司。因桶形如从井中打水的钓瓶故称钓瓶寿司。因出现在竹田出云所作歌舞伎《义经千本樱》中而广为人知。

④ 平安时代末期武将。平清盛的嫡孙，平重盛的嫡男。相貌俊美，十九岁时以少将身分参加后白河法皇五十岁庆典。头戴乌纱帽，上插樱枝和梅枝，随雅乐跳起青海波舞。艳惊四座赢得樱梅少将称号。源平之争参与多次战役，升从三位右近权中将，人称小松中将。

我虽然没拜访过，不过倒听过传闻。据说那一家，虽然没有当时那不务正业的少爷权太，不过到现在还有名叫阿里的女儿，在卖钓瓶寿司。不过津村所提出来的，是和那不同的，人称静御前的初音之鼓①，——有一家把那当宝物珍藏着，从这里往前叫做宫泷的对岸，有个叫菜摘之里的地方。怎么样，要不要顺便过去看看。

说到菜摘之里，应该是在谣曲《二人静②》中唱到的菜摘川岸边。“菜摘川畔，不知从何处来了一位女子——”谣曲中静的亡灵在这儿现身，诉道“罪业之深，悲伤之余，镇日抄经”。随即起舞，又唱道“暗自思量感到羞耻，内心虽难忘过往……然而现今，切莫想到三吉野之河的菜摘女呀”，因此菜摘之地乃和静有因缘，就以传说来看似乎也相当有根据，并非完全胡乱瞎说的。从《大和名所图会》③中，“菜摘之里有称花笼之水的名水，且有静御前暂居房舍之遗迹”看来，那传说是自古就存在的。拥有鼓的那家，现在自称姓大谷，据说从前称为村国的庄司，根据该家的记载，文治年间，义经和静御前避难吉野时，曾经在该处逗留。此外附近也有象之小川、瞌睡之桥、柴桥等著名胜地，也有人趁游览之便，去要求借看那初音之鼓的，但因是历代的传家宝，因此若没有适当的人介绍且于前一日拜托的话，并不随便给看。因此其实津村已经拜托国栖的亲戚代为说好，今日大约应该正在等候了。

---

① 是法皇赐给源义经的名鼓。左大臣知道义经与兄赖朝不和，以初音之鼓的里皮和表皮比拟兄弟，造谣说这是法皇给义经的诏书，让他去讨伐其兄。义经决意一生不敲此鼓，将鼓转送爱妾静。

② 世阿弥所作的谣曲名，静御前的魂灵化身为摘菜女的故事。

③ 日本各地名胜风景图绘。宽政三年(1791 年)刊，秋里篱岛著，竹原春朝斋画。

“那么，就是那传说中以母狐狸皮张的鼓，只要静御前砰一声敲响那鼓，忠信狐就会现身出来，是吧？”

“嗯，是的，戏中是这么说的。”

“真有人家拥有那样的鼓吗？”

“据说有啊。”

“真的是用狐狸皮张的吗？”

“我也没看过所以无法保证。不过听说确实是有因缘的人家。”

“那是否也像钓瓶寿司店那样呢？谣曲中有《二人静》，是从前哪个人恶作剧想出来的吗？”

“也许是吧，不过我对那鼓有点兴趣。心想务必要去造访那姓大谷的人家，看看那初音之鼓。——从老早以前我就这样想了，那也是这次旅行的目的之一。”

津村这么说，似乎有什么原因，不过当时只说“以后有机会再提”。

之三　初音之鼓

从上市到宫泷为止，道路右侧依然沿着吉野川的流水前进。随着山的逐渐深入，秋意也更浓了。我们几次走进栎树林间，踏着满地凋零的落叶，一边听着沙沙声一边前进。这一带枫树较少，而且并不集中一处，不过现在红叶正盛，常春藤、木蜡树、山漆等各种红叶，所到之处点缀在以杉树绿叶为主的山峰之间，从最深的红色到最淡的黄色，呈现各种层次的叶色。虽同样称为红叶，但眺望所及，无论黄色、褐色、红色，种类都极为复杂。同样是黄色叶子，就有几十种色调不同的黄。据说野州盐原的秋天，整个盐原人的脸色全都变红了，那种染成一色的红叶固然美观，但像此处的这般模样也很不错。所谓“缭乱”的说法或“万紫千红”的用语，多半用来形容春天原野的花色，但此处秋天的色调，不同之处光以“黄”为基调，色彩变化之丰富就毫不逊于春野。那样的黄叶，从山峰与山峰的裂缝之间，往溪谷漫溢出的光线之中，往往像金粉般一边闪烁着一边不断落入水中。

《万叶集》中，有“天皇幸于吉野宫”描述天武天皇在吉野的离宫，——笠朝臣金村[①]的歌中有所谓“三吉野乃多艺都河内之大宫所”、三船山，柿本人麻吕[2]所歌颂的秋津之原野等，据说所指的就是这宫泷村附近。我们终于从村子中途离开街道，走到对岸去。这边的溪渐渐变窄，河岸也成为险峻的断崖，湍急的溪水拍打着河床的巨岩，或汇流成湛蓝的深渊。瞌睡桥由丛林密布的象谷深处淙淙流出象之小川的微细清流，泻入深渊之处垂悬成瀑布。据说义经就是在这桥上打瞌睡的，可能是后世的人编造的。不过，仅仅架在一道清流之上的纤细危桥，几乎快被茂密的树叶遮住了，上面附有船形屋般的可爱屋顶，可能是为了遮雨和防落叶的吧。要不如此的话，像现在这样的季节恐怕转瞬就会被纷纷落叶掩埋掉。桥头有两间农家，那屋顶下似乎半边拿来当自家的置物空间用，堆积着薪柴，只留下让人勉强可以通过的路而已。这儿称为樋口，路一分为二，一边沿着河岸通往菜摘之里，一边穿过瞌睡桥，经过樱木宫、喜佐谷村，从上千本可以出到苔之清水、和西行庵[3]的方向。静的歌中所唱的“踏过白雪皑皑的山峰入山之人”，大概就是指过了这座桥从吉野山后山往中院之谷方向去的吧。

仔细看来，不知不觉之间我们要前往的方向高峰耸立，已经迫在眉睫了。天空的领域变得更加狭窄，吉野川的流水仿佛已经山穷水尽，无论流水、人家和道路，都到溪谷尽头了，不过所谓人烟又似乎只要有狭小空间，所到之处便可以无限延伸似的，那三面都被

---

① 奈良时代的歌人。吉备氏一族。生平不详。

② 柿本人麻吕(662—710)，飞鸟时代的歌人。《万叶集》中最主要的歌人，因执着于白色而有“白色诗人”的称号，或称“歌圣”，是三十六歌仙之一。

③ 西行法师(1118—1190)是平安末期的歌僧，俗名佐藤义清，二十三岁出家，从陆奥、四国、九州岛等游历诸国，殁于河内的弘川寺。所作和歌被《新古今集》收入九十四首，另有个人歌集《山家集》。隐居于吉野西行庵期间，写下许多有关山野和樱花的和歌。

山峰的陡坡团团围绕，形成囊底般的凹地，狭窄的河畔斜坡筑成阶梯，或盖茅草屋，或辟为菜园的地方，据说就是菜摘之里。

原来如此，从水流、从山势看来，确实像是落难者会栖息停留的地貌。

试着寻访姓大谷的人家，立刻就找到了。从村子入口走五六丁，往河滩的方向弯进一片桑田之间，屋顶特别气派的那家便是了。桑树长得高高的，因此从远处眺望时，只见像世家旧宅般茅葺屋顶的主栋和瓦片屋顶的屋檐，露出在桑叶之上，像海中之岛般浮着，相当典雅。然而实际上的房屋，相较于屋顶的体面气派，房子却只是一般平凡农家，朝向田地的两间相连的厅间，临路的纸门敞开着。铺了地板的客厅里，坐着一位四十左右像主人的人。见到我们两人出现时，虽没递名片却走出来打招呼，无论从晒得黑黑线条紧绷的脸，无精打采的模样，或老实的眼神看来，或从小脖子宽肩膀的体格看来，都只不过是一介愚直的农夫。

主人说道“因为听国栖的昆布先生提起，所以我从刚才就在等着了”，连话都很难听明白的乡下口音，这边问起什么时，也答不清楚，只是规规矩矩地鞠躬行礼。想必这个家现在也已经俸禄微薄，不复当年的模样了，不过我倒觉得这种人反而容易亲近。“非常冒昧，在您忙碌之中前来打搅。听说府上珍藏着宝贵的传家之宝，平常并不轻易让人看的，今天特地来，是想请您让我们见识一下。”我们这样说了，对方为难地紧张起来，其实因为先祖遗训，要拿出那个物品之前，必须先斋戒七天才行，但如今那么麻烦的事我们也说不出口了，所以虽然想让希望看的人安心地看，但因为平日忙于耕种的农事，所以没工夫奉陪临时来访的客人。尤其近日秋蚕的农活还没结束，平常一屋子连榻榻米都全部翻起来，所以客人突然来访，连请客人坐的客厅都没有，因此，如果能稍微提前通知的话，一定会想办法等着，他一边把指甲漆黑也没修剪的手叠放在膝盖上，一边难以启齿地说。

这么看来，今天想必是为了我们，特地将两个房间的榻榻米铺上了等我们的。从纸门缝隙往储藏室的方向窥探，那边还保持木地板的状态，临时搬过去那边的农具还杂乱地靠边摆着。床之间[①]已经摆饰着几件宝物，主人恭恭敬敬地把那些物品一一排在我们前面。

有一卷题名为《菜摘村由来》的卷轴，数口由义经公[②]赏赐的太刀胁差，和那目录、刀的护手、箭筒、陶瓶，以及由静御前所赐的初音之鼓等物品。其中《菜摘村由来》的卷轴，卷末题有“据闻右者五条御代官御役所时之御代官内藤杢左卫门大人当时出游于此、大谷源兵卫于七十六岁依传闻照样记载留置于吾家”，并附有日期“安政二岁次乙卯夏日”。在那安政二年之岁代官内藤杢左卫门来到本村时，现在的主人数代前的祖先大谷源兵卫老人曾当面下跪，面呈此记载时，据说这次代官让席下跪。但，这卷轴的纸张已经焦黑又焦黑般乌漆墨黑，实在难以判读，因此另外附有抄本。不知原文

① 日式住宅内的壁龛。在房间的一个角落做出一个内凹的小空间，装饰挂轴与插花等。
② 源义经(1159—1189)是日本平安时代末期，河内源氏的武士源义朝的第九子，幼名牛若丸。父亲在平治之乱被平清盛所败，义经七岁被送到京都鞍马寺。之后投奔奥州，受到藤原秀衡庇护。及长助同父异母兄源赖朝举兵讨伐平家，战功彪炳，威名显赫。但因功高震主为兄所猜忌，兄弟反目成仇。源赖朝获后白河法皇院宣，在全国发布通缉令追捕义经。在藏匿吉野山走投无路后，义经再度投靠奥州的藤原秀衡，最后自尽。生涯极富传奇色彩，是日本人最爱的悲剧英雄，相关故事在历代各类戏剧中一再广为传诵。

如何，但这抄本颇多别字误文，注音假名等也有许多不确实的地方，到底难以相信是出自受过正式教养者之笔。但从那文字看来，这家祖先是从奈良朝以前就住在这块土地上，壬申之乱时村国庄司名为男依的人，声称支持天武帝曾参与讨伐大友皇子。当时庄司领有由本村至上市的五十丁地，因此据说菜摘川这名字就是指这五十丁之间吉野川的称呼。那么关于义经，则有“又源义经公于川上白矢岳为庆祝五月节光临此地于村国庄司宅内逗留三四十日御览宫泷柴桥之时御咏之歌”，于是载有二首和歌。我到今日为止还不知有所谓义经之歌存在，不过上面记载的和歌，就算外行人眼里也不会感觉是王朝末裔的调子，用字遣词也欠缺格调。其次关于静御前[①]，则有记载“其时义经公之爱妾静御前曾经逗留于村国氏之家，自从义经公流落奥州之后顿失依附，因而舍弃御命投井自尽，据传有谓静井者也”，由此可见死于此处。并写到“然而静御前因与义经公别离后之妄念，每于夜晚化为火球，由右方之井出现之事凡三百年，时值莲如上人[②]等诸人于饭贝村施行化益，村人请托上人可否济渡静之亡灵，上人二话不说欣然应允，于大谷氏所秘藏之静御前之振袖上书记了一首歌”，因而出示该歌。

我们在读着该卷轴之间，主人并没有添加半句说明，只默默恭敬地坐着。然而，脸上表情显示出对父祖所留传下来的这记事内容彻头彻尾完全盲信，心中毫无任何疑问的样子。问起：“那么，上人写了歌的振袖后来怎么样了?”据说先祖的时代，为了祭吊静的

---

① 静御前(1165—1211)，名静，源义经的爱妾。御前是对贵人之夫人的尊称。舞艺精湛。

② 莲如上人(1415—1499)，净土真宗，本愿寺中兴之祖。

菩提而寄附到村里的西生寺，但现在不知交到谁的手上，寺里也已经不见了。拿起太刀、胁差[①]、箭筒等物细细观看时，似乎已有相当年代，尤其箭筒已经斑斑驳驳了，不过这些并非我们能够鉴定。问题中的初音之鼓，既已没有鼓皮，只有胴体收在桐木箱子里。这也难以分辨，漆看来是比较新的，但并没有莳绘花纹之类的，看来是无足为奇的黑色素面鼓胴。不过木质倒像是旧的，所以可能在某个年代曾经重漆过也未可知。“这也有可能。”主人毫不关心地回答。

另外，有二尊附有屋顶和门扉、形状庄严的牌位。一尊门扉上附有葵花纹，中刻“赠正一位大相国公尊仪”，另一尊为梅花纹，中央雕有“归真　松誉贞玉信女灵位”，右方有“元文二年巳年”，左方有“壬十一月十日”。但主人对这牌位，似乎也一无所知的样子。只说这是从以前传到现在，据说相当于大谷家的主君，每年正月元旦照例都要礼拜这二尊牌位。而且有元文年号的那尊，他想或许是静御前的。主人脸色一本正经地这样说。

从这个人的敦厚模样、小心翼翼而不太有神的眼光看来，我们没话可说了。事到如今还去谈到元文的年号是什么时代，提起静御前的生涯中《吾妻镜》[②]或《平家物语》[③]又如何也多此一举。总之这

---

① 日本武士平时与太刀配对带于腰间的备用武器，平常不用，当主兵器长刀损毁时才用。

② 又称《东鉴》，是日本镰仓幕府官方的编年史。“吾妻”是地名，关东地方的总称，“镜”是以史为鉴之意。全书五十二卷，以变体汉文日记体写成。记载治承四年至文永三年(1180—1266)的历史。

③ 日本古典文学名著，军记物语。作者不详。根据历史由琵琶法师弹唱述说，一一五六年至一一八五年平氏和源氏两大家族的争战过程。文体和汉混杂，文词华丽洗炼。其悲壮故事成为各种戏剧取材来源。

里的主人就是正直地一心这样相信着。主人脑子里所有的东西，未必就是那位在鹤冈的社头，站在赖朝面前起舞的静。那或许是从前这家的远古祖先生前在世时，——象征令人怀念的古代，某位高贵的女性。在名为“静御前”这位上方贵妇的幻影中，寄托对“祖先”、对“主君”、对“古代”的崇敬和思慕之情而已。这种上方贵妇是否实际到这家投宿，避世幽居过，也不必追问了。既然主人这样相信，就让他去相信好了。勉强要同情主人的话，或许那不是静，而是南朝的某位公主，或战国时代逃难的人。无论是谁，在这个家族曾经荣华富贵的时代，曾经有过类似的事实，于是有关静的传说便混淆进来了也未可知。

当我们正要告辞时，

“没有什么可以款待，不过请尝尝看柿子吧。”

主人为我们泡了茶，用托盘端出柿子来，附上没有灰的烟灰缸。

他所说的柿子想必是熟柿。空的烟灰缸并不是要丢香烟烟蒂的，而是要用那器皿托着吃烂软如泥的熟柿子吧。在殷勤的招呼之下，我小心翼翼地拿起一个那快变形的果实放在掌心细看。圆锥形，尾部尖尖的大柿子，鲜红熟透变成半透明的果实，仿佛塑料袋般膨胀起来圆鼓鼓的，阳光照射下美得像琅玕的珠玉一般。市面上所卖的樽柿等，怎么熟都没办法有这么漂亮的颜色，在变成这么软之前形状想必早已松松散散地垮掉了。据主人说，要做熟柿只能采用皮厚的美浓柿。在那还是硬的涩的时候就从枝头采下来，尽量在风吹不到的地方，装进箱子或笼子里。这样经过十天左右不需加上任何人工，皮里自然会变成半流体，带有像甘露般的甜味。其他的柿子，里面会化成水般融掉，无法形成像美浓柿般黏稠。要吃这个，方法也像吃半熟蛋那样，先把蒂头摘除，再从那蒂孔用汤匙舀的。不过即使弄脏手，最好还是用个碟子托着，用手剥皮吃更美味。不过据说看起来美，吃起来也美味，是在正好大约第十天前后的短暂期间，日子过长的话熟柿终究也会化成水。

边听着这话，我暂时望着手上的一颗露珠出神。而且感觉好像这山间的灵气和日光都凝固在自己的手掌上了似的。从前乡下人上京，会抓一把京都的泥土用纸包起来当礼物，如果有谁问我，吉野的秋色如何，我可能会把这柿子宝贝般地带回去展示给人看。

结果在大谷家感到佩服的，与其说是鼓或古文书，不如说是这熟柿子。津村和我，都开心贪婪地吃着这从牙龈到肠子底下清凉剔透甜蜜黏稠的柿子果实，一连吃了两个。我口腔里塞满了吉野的秋天。试想起来，佛典中的庵摩罗果①可能都没有这么美味。

① 庵摩罗果即芒果。

之四　狐哙[①]

“嘿，你看那由来书时，只提到初音之鼓是静御前的遗物，没记载是用狐狸皮制的吧。”

“嗯，——所以我想那鼓是比脚本更早就有的。如果是后来才做的东西，应该会想办法跟戏剧的情节攀上一点关系。换句话说就像妹背山的作者是看到实景才想到要设计那剧情的，千本樱的作者也可能过去拜访过或听过大谷家的传闻，而想到那件事情吧。尤其千本樱的作者是竹田出云[②]，所以那脚本完成至少是在宝历以前，安政二年的由来书比较新，有这个问题。不过照‘大谷源兵卫于七十六岁依传闻照样记载’的说法，传闻是更古早的从前吧。即使那鼓是赝品，不是安政二年制成的，而是更早以前就有的，这样的想象难道不合理吗?”

“不过那鼓看起来不是很新吗?”

“不，那个新不新不知道，不过鼓可能中途换漆或改造，经过两代或三代了。我想在那个鼓之前，曾经有更古老的东西收藏在那桐木箱子里。”

从菜摘之里回到对岸的宫泷，这儿又是称得上名胜之一的柴桥渡了。我们一边坐在那桥头的岩石上一边聊了一会儿这些事情。

贝原益轩[3]的《和州巡览记》[4]中，有一段记载："宫泷不是瀑布，两侧有大岩石，吉野川流过其间，两岸巨岩高达五间上下，如屏风般耸立，两岸之间河川之宽度约三间，狭窄处架有桥，大河流至此处，穿越狭谷河水甚深，其景绝妙也。"应该就是从我们现在所休息的这块岩石所见到的景色。"里人飞岩由岸上跃入水底，由川下游出见人取钱也。据说飞出时双手伸直双脚合并，跃入水中一丈许，双手伸展即浮出水面。"《名所图会》中载有那飞岩图，两岸地势、水流，正如那图会所显示的一般。河川流到此处，以急转弯画出弧线由巨岩之间喷出白泡，奔腾滚泻。刚才在大谷家听说，每年竹筏被这巨岩撞击遇难者并不希奇。飞岩的里人，平日在这附近钓鱼，或耕作，碰巧有旅人经过，则上前劝诱观赏，得意绝活演出示众。从对岸稍低的岩石飞跃入水则取百文，由此岸高岩跳跃入水则取二百文，因此对面的岩石称为百文岩，这边的岩石称二百文岩，现在名称还留着，据说大谷家主人年轻时还看过，但最近想看的旅客已经稀少了，终于不知不觉之间就绝迹了。

"嘿，说到从前吉野的赏花，道路并不像现在开拓得这么好，因此要从宇陀郡那边绕过来，很多人会通过这里哟。换句话说，义经逃难而来的路可能并不是现在一般人走的路。所以竹田出云一定

---

① 以《葛之叶狐》《信太妻》的传说为题材所作的戏曲。竹田出云作。

② 江户时代的净瑠璃作者。一七〇五年起，历三代担任竹本座剧场座元兼作者。发挥经营、创作和演出实力，初代代表作《芦屋道满大内鉴》《国姓爷合战》，子二世名清定，号小出云，代表作《义经千本樱》《假名手本忠臣藏》。父子单独创作或合作，开创人形净瑠璃的全盛时期。三世名清宜，代表作《太平记菊水之卷》。但歌舞伎兴起净瑠璃逐渐失去人气，一七七三年让出竹本座，由座元退位。

③ 贝原益轩(1630—1714)，江户时代的本草学者、儒学者。在明治时代以后西方生物学传入之前，日本史上地位最高的生物学者、农学者。著有《大和本草》《养生训》等，广为流传。也留下许多纪行文。

④ 贝原益轩著。和州为大和国的旧称。以地志般严谨文体记事。对源义经和静在吉野的遭遇详细记载。

来过这里，看过初音之鼓噢。”

——津村坐在那岩石上，不知怎么现在还在挂念着那初音之鼓的事。自己虽然不是忠信狐，但仰慕初音之鼓的心胜过狐狸，自己见了那鼓，感觉就像遇到自己的母亲那样，津村说。

在这里，我必须让读者概略地知道一下，这位叫津村的青年。老实说，我那时候在那岩石上听他坦白道出之前，对他的情况知道得并不详细。——因为，就像之前也稍微提过的那样，他和我是东京一高时代的同窗，当时虽然是亲密的伙伴，但从一高升上大学时，他就因家里有事，回到大阪老家去，从此放弃学业。当时我所听到的说法是，津村家是岛之内①的世家，代代经营当铺，除了他之外有两个姊妹，双亲很早过世，孩子们主要由祖母一手扶养长大。而且姐姐已经出嫁，这次妹妹也定了出阁对象，祖母内心越来越空虚，想把孙子唤回身边，于是就说家里没人照应，赶紧回来别再上学了。“那么去上京都大学怎么样？”我试着这样建议，不过当时津村的志向与其说在学问不如说在创作上，因此好像说，反正生意可以交给掌柜的，自己有空时可以写一点小说比较轻松。

不过从此以后，偶尔有书信来往，但他好像完全没有写东西的样子。话虽这么说，一旦回到家安定下来，当上了年轻少爷生活没什么压力之后，自然野心也会消沉下去，因此津村可能也在不知不觉间习惯了境遇，甘于过着平稳的商家生活了。我在那大约两年后，某一天收到他的信，末尾读到他祖母过世的消息时，就想象他

---

① 大阪府大阪市中央区的地名，现在常称“心斋桥”或“南区”。东以东横堀川、西以西横堀川、南以道顿堀川、北以长堀川包围的地区，以人工开挖的运河围成岛的内侧，称岛之内。

不久将会迎娶一位适合“御料人样”[①] 称呼的京阪方面上方[②]古雅风格的夫人，开始完全变成岛之内商家的老板之一了。

因为这样的关系，后来津村虽然上东京来了两三次，但自从离开学校之后，这还是第一次有机会好好谈话。而且我感觉到，这位久违重逢的朋友的模样，大体上正如我所料。无论男生或女生一旦结束学生生活进入家庭之后，营养忽然改善，肤色便开始变白，肌肉丰盈起来，体质逐渐改变，津村也开始带有些许大阪爷们儿的富态圆融，还没完全脱掉书生气的言语之间，逐渐夹带起上方口音的腔调了。——以前就多少有一点，现在则更明显了。这么写来，想必读者大致可以体会到津村这个人的外貌了吧。

那么在那岩石上，津村突然说出初音之鼓和他自己的关系——其次还有，他这次想旅行的动机，在他心中还秘藏着一个目的——那来龙去脉还满长的，以下尽量简略地传达他所说的意思。

自己这种心情，如果不是大阪人，或如同自己般早年就失去父母，没见过双亲容颜的人(——津村这么说)，我想到底无法理解。你也知道，在大阪，有净瑠璃、生田流[③]的筝曲和地呗[④]，这

---

① 中世对上流女子的尊称，近世以后尤其关西方面对中流以上年轻女子和商家少妇的尊称。

② 京都、大阪地区。

③ 日本常称的琴，其实就是筝，筝于奈良时代从唐朝传入，到平安时代常用于雅乐演奏。江户初期八桥检校由西洋音乐启发，导入变奏曲形式，发展出筝六段乐曲的演奏法。八桥检校之后重要筝曲家有生田检校和山田检校。生田检校对筝曲弹奏法和爪的使用做了改良并创作新曲形成生田流。山田检校将筝和三味线合奏，配上歌谣，发展出山田流。

④“地”代表本地，指上方京都，又称上方呗。江户时代关西流行搭配三味线所唱的歌称地呗。相对的关东地区的歌则称江户呗。此外盲人音乐家作曲演奏和教授的吟唱歌谣称法师呗，和长呗、地呗代表日本三种传统唱法。

三种传统音乐。自己虽然不是特别喜欢音乐，不过由于地方的风俗习惯，亲近这种东西的时间很多，所以自然耳濡目染，不知不觉之间也受到不少影响。尤其现在回想起来，自己四五岁的时候，岛之内家里后方的深奥房间里，有一位肤色白皙眉眼秀丽的高雅妇人，和一位盲人检校正在合奏着琴和三味线——那某一天的情景。自己觉得那时弹琴的高雅妇人的身影，似乎正是自己记忆中唯一的母亲形象。但并不能确定那到底是不是母亲。往后的年代根据祖母的说法，那妇人恐怕是祖母，她说母亲在那稍早之前应该就已经过世了。但，自己却不可思议地记得那时检校和那位妇人所弹的是生田流的《狐哙》曲子。试想起来自己家从祖母以降，到姐姐和妹妹，全都是那位检校的弟子，在那之后也偶尔重复听到《狐哙》的曲子，所以可能始终印象犹新。然而说到那曲子的歌词是这样——

唉，心疼啊，母亲大人，花般的姿容渐憔悴(合)，
泪如露珠滴落地(合)。
智慧明镜模糊不清失分明，去见祈祷治病的法师(合)。
险被法师带走，
原来法师是狐狸(合)。

向母亲招手，便回过头来(合)，像要说再会，
无奈欲言泪沾襟(合)，
翻山越岭过村庄(合)，为谁而来呀(合)，就为您(合)。
为谁而来呀(合)，就为您(合)。

为谁而来呀(合)，就为您(合)。

您要回去了吗？可恨哪。唉(合)，
我要走了，啊，我将回归森林(合)。
回去吧，思思念念(合)，心中事无人知。

回我思念的白菊之乡，隐身岩缝，隐身茑萝丛，
拨开竹林小径，向前行。
虫鸟争鸣聊慰凄情(合)。

啊，开始下了，开始下了，今朝又(合)下起时雨，
今朝又(合)下起时雨。

归去的路上，可留有来时的足迹(合)，
西边的田畦小径，有人来了会危险哪(合)。
山峰溪谷湿答答，心也湿答答，总要向前行，
越过一山又一山。
一心一意思念母亲，
心焦焦，心焦焦。

——自己现在对这曲调的转折和拍掌唱和的地方都能悉数记得，记忆中确实犹存着检校和妇人在那席间的唱和。想必因为这文词中有某种地方深深感动了还不懂事的幼童的心吧。

本来地呗的文句中，就有许多会令人感觉不合情理，或语法荒

谬凌乱，或意思特别暧昧不明晦涩不清的地方。而且有些是依据谣曲或净瑠璃故事的神秘暗示，如果不知道那典故就更难解释了。《狐哙》的曲子大致也都另有根据。但无论是“唉，心疼啊，母亲大人，花般的姿容渐憔悴”或“向母亲招手，便回过头来，像要说再会”，都充满了少年思慕即将逃走的母亲的悲哀，看来当时还幼小的自己似乎也感觉到了。此外“翻山越岭过村庄”，和“越过一山又一山”的歌词，也有摇篮曲般的调调。而且不知是什么样的联想作用，应该还不懂得“狐哙”这文字和意思，但后来听到几次这曲子时，却似乎隐约懂得那是和狐狸有关的事情。

或许因为祖母经常带自己去文乐座①和堀江座看木偶戏，那样的时候所看过的《葛之叶　别子》的场景深深烙在心里的关系吧。那母狐狸在秋天的黄昏在纸门中织布，织布机发出咚咔啦哩、咚咔啦哩的穿梭织布的声音。还有舍不得正在睡觉的儿子而在纸门上记下“如果想念娘就到和泉来访——”的歌。那样的场面对没见过母亲的少年，诉求力量之大，除非经历过那种遭遇的人否则恐怕难以想象。自己虽然还小，但对“我将回归森林”的句子，和“回我思念的白菊之乡，隐身岩缝，隐身茑萝丛，拨开竹林小径，向前行”等歌的曲调之中，看到一只白狐往各色枫红的深秋小径朝森林旧窝奔跑而去的背影，想象自己就是那思念母亲追踪而去的童子，更加深对母亲的思念，谁又能责怪呢？

这么说来，信田之森就在大阪附近，从前唱过的葛之叶童谣，和玩过的几种家庭游戏都有关联，我自己也记得两种。其中之

---

① 文乐是融合净瑠璃（三味线伴奏的说唱艺术）和木偶戏的传统艺术。主要流行在大阪。

一是：

钓吧、钓吧
钓信田之森的
狐狸吧

一边这样唱着，一个人扮成狐狸，两个人扮成猎人，大家围成圆圈，握着绳子的两头，玩钓狐狸的游戏。听说东京的家庭也有类似这样的游戏，我曾经在某个聚会中看过艺伎玩过，但唱的句子和曲调都和大阪有点不同。而且游戏的人，在东京是坐着玩，在大阪通常是站起来玩，因此扮狐狸的人，就要边唱边做出滑稽的动作，慢慢接近圆圈过来，——有时碰巧由俏丽的商家女儿或年轻媳妇扮演时，尤其可爱。少年时，新年的晚上被招待到亲戚家玩这种游戏时，有一位天真烂漫的年轻漂亮女子扮演那狐狸的身段非常美妙优雅，我到现在都还记得很清楚。另外还有一种游戏，是许多人手牵手围坐一圈，让鬼坐在圈子里面。然后手上拿一个豆子般的小东西，不让鬼看见，一边唱着歌一边顺序移交那东西，等唱完歌时大家安静不动，让鬼猜那豆子传到谁手中。歌词是这样。

摘麦仔
摘艾草
九粒豆豆在手中
九粒豆豆
比数目

更想念亲娘所在的地方
如果想念
就来寻访吧
信田森林背后的
葛之叶

自己对这首歌，虽然朦胧却也感受到一点儿童的乡愁。

大阪的商家，以前雇用了许多周边例如河内、和泉一带乡下来年期奉公[①]的丁稚和下女，冬夜寒冷，打烊关店之后这些奉公的人，也和家人一起绕着火钵团团围成一圈，边唱着这歌边玩游戏。在船场[②]和岛之内一带的商家经常可以见到这情景。试想起来离开草深的故乡，来到城里商家见习商法和礼仪的子弟们，无意间口中嘀咕着透露“想念家乡的双亲”之间，想必会油然浮现茅草屋顶的昏暗谷仓里弯身坐着的父母的身影吧。自己后来，在忠臣藏[③]的第六段中，那戴着深编斗笠的两个武士来访的地方，出乎意料之外地听到这首歌被用来演奏时，和与市兵卫[④]、阿姆、阿轻等的境遇，搭配得非常巧妙，真令人佩服。

当时，岛之内家里也有许多奉公的人，因此自己每次看到他们

---

① 或称年季奉公，以一定期间契约雇用的学徒兼帮佣。

② 大阪市中央区传统地名。丰臣秀吉在石山本愿寺迹筑大阪城时，聚集许多家臣和武士家族，需要大量食品、日用品和武器等，强制周边地区的商家移居过来，急速形成城下町，开始繁荣起来。逐渐发展成政治、经济、物流中心。累积代代的富裕，船场造就许多殷实豪商家族。

③ 中期元禄年间，赤穗藩家臣四十七人为主君复仇的事件。忠臣藏故事成为日本各类戏剧、电影一再演出的著名题材。

④ 是《假名手本忠臣藏》剧中的贫苦农民，阿轻的父亲。为了帮赤穗浪士女婿戡平筹复仇军费，将女儿卖给花街，抱着大钱回家途中却遇强盗被杀并夺走金钱。

唱那歌游戏时，就会感到既同情，又羡慕。虽然离开父母膝下住进别人家里很可怜，但这些奉公人随时都可以回到家乡，可以见到父母亲，但自己却没有父母可见。因为这样，自己总觉得如果到信田的森林里去的话，好像就能见到母亲似的。确实在小学二三年级的时候，曾经悄悄地，没告诉家人，就邀了同班同学到那里去过。那一带是现在从南海电车下了车也还必须走半里路才能到的不方便地方，当时不知道附近有没有火车，总之大部分时间都搭乘啪哒马车①，感觉好像走了好远的路。去一看，大楠树的森林里建有葛之叶稻荷祠，有传说中的葛之叶公主镜子。

我在绘马堂观看挂在墙上的别子场景版画的绘马②，雀右卫门③或谁的肖像画，略感安慰后走出森林，但回程的路上，看到各处农家的纸门后方，现在也还发出咚咔啦哩、咚咔啦哩织布机的声音，怀念得不得了。可能因为那沿途正是河内木棉④的产地，因此有很多织布机房吧。总之那声音不知安慰了自己多少思慕之情。

不过自己觉得奇怪的是，我这样经常思念的对象主要是母亲，对父亲则不怎么会。这毛病可能因为父亲比母亲早过世，因此母亲的姿影，就算万分之一也有可能还留在记忆中，父亲则应该完全没有了。从这点来想，自己对母亲的爱恋心情，或许只是模糊的对

---

① 十九世纪末二十世纪初兴起的以马拖动的铁路车。民间昵称为“啪哒马车”。

② 日本神社常提供五角形如屋状印有画马的小木板，称为绘马，让信众写出心愿祈神保佑，于举行法事时烧掉，愿望将可实现。

③ 中村雀右卫门，幕末到现代的歌舞伎演员。屋号江户屋。

④ 十六世纪江户时代开始到明治时代，大阪河内地区广为栽培木棉，手纺、手织、手染技术发达，产量飞跃增长，山根木棉、久宝寺木棉、三宅木棉因而远近驰名，总称河内木棉。

“未知女性”的憧憬，——也就是或许和少年期恋爱的萌芽有关系也不一定。因为以自己的情况，过去身为母亲的人，和将来会成为妻子的人，都同样是“未知女性”，是由眼睛所看不见的因缘之线和自己联系在一起的，所以两者都相同。这种心理就算没有像自己这种境遇的任何人，可能都潜藏有几分。证据在于那《狐哙》歌词的文句中，有像孩子思慕母亲般的“为谁而来呀，就为您”，或“您要回去了吗，可恨哪，唉”，也像是在唱相爱男女的哀别离苦。这歌的作者可能特地让歌词暧昧化，让人可以从两方面去听取那含意。无论如何，自己从第一次听到时开始，就一直在描绘着母亲的幻影，真是令人难以相信。我想那幻影既是母亲同时也是妻子。所以自己幼小的心中那母亲的容貌，不是年老的妇人，而是永远年轻美丽的女子。那马夫三吉①的戏里出现的奶妈重之井，——是穿着华丽和服，服侍大名公主的华丽贵妇，——自己梦中的母亲就是像三吉的母亲那样的人，在梦中自己也经常变成三吉。

德川时代的狂言②作者，或许头脑转得很灵活，能把潜在观众意识底层极微妙的心理巧妙地揣摩出来也未可知。这三吉的戏码中，一边是贵族的女儿，一边是马夫的儿子，这中间，配上既是乳母也是母亲的高尚妇人的角色，表面上是处理亲子之情固然没错，

---

①《重之井　别子》描写伊达与作和重之井间的恋爱悲剧。剧情是伊达与作因被鹭冢盗走为公子恋人艺伎赎身的钱财，并暗恋侍女重之井，被主人逐出家门。重之井之父——能乐师竹村定之进为此引咎切腹自尽，重之井获赦成为小姐的乳母。与作与重之井所生之子三吉成为马夫，无法与母亲相认，便与母告别。不久鹭冢一伙的恶事败露，与作与三吉后重返主人家。

② 狂言与能剧、文乐、歌舞伎同属日本四大古典戏剧。狂言一般穿插在能剧之间表演，是内容简单而即兴的喜剧。语言大量采用俚语，内容取材于生活，常尖锐讽刺抨击武士和贵族。因此狂言比能剧更受平民欢迎。

但阴影下未必不是在淡淡暗示着少年的爱恋情怀。至少从三吉这边看来，住在森严的大名深奥御殿中的公主和母亲，同样成为了思慕的对象。而在葛之叶的戏码中，父亲与儿子则以同样的心情思念着一个母亲，但这种情况，母亲是狐狸这样的设计，则让观者多加一层幻想的余地。我心想自己的母亲如果能像戏中那样，是狐狸的话该多好，不知有多羡慕安倍童子。因为如果母亲是人的话，已经没有希望在这个世间重逢了，但如果是狐狸变成的人，说不定哪天又会再变回母亲的身影重新出现也未可知。没有母亲的孩子如果看了那出戏，一定谁都会有那样的感觉。至于千本樱的私奔，母亲——狐狸——美女——恋人——这样的联想就更紧密了。在这里母亲是狐狸，孩子也是狐狸，而且静和忠信狐则写得如同主仆一般，不过却下功夫让看戏的人眼里仿佛像是恋人的私奔一般。因此我最喜欢看这出舞剧。而且自己仿佛是忠信狐，被以母亲的皮所张的鼓的声音所吸引，来到吉野山拨开花之云寻访静御前的踪迹，边想象着，一路思念一路前进的境遇。自己甚至想过，至少学那戏里的舞姿，在温习会的舞台上扮演忠信。

“不过不只这样噢。”

津村说到这里，一边眺望着秋天提早暗下来，对岸菜摘之里的森林阴影，一边说：“我这次好像真的是被初音之鼓所吸引而来到这吉野的。”

他那少爷般的善良眼角，露出某种令我摸不清的笑意。

之五　国栖

那么接下来就让我把和津村的对话间接转述出来。

就为这缘故，津村对吉野这地方会怀有特殊的情怀，一则因为受到千本樱戏剧的影响，一则因为从小就听说自己的母亲是大和地方的人。津村想趁祖母生前尽可能调查清楚母亲的经历，而试着问过好多次，但祖母却推说大多忘了，得不到满意的答案。就算试问过亲戚中的伯父母们，奇怪的是也都没人知道母亲娘家的事。毕竟津村是世家，两代或三代前的亲戚，应该还有往来，但其实母亲好像并不是直接从大和的家里嫁过来给父亲的，而是幼年曾经被卖到大阪的花街，从那边先被某合适人家收为养女，再坐轿子嫁过来的。因此户籍上的记载，是生于文久三年，明治十年十五岁上从今桥三丁目浦门喜十郎家，嫁到津村家，于明治二十四年二十九岁死亡。中学毕业前后，津村总算勉强得到这一点有关母亲的事情。事后回想起来，祖母和年长的亲戚们不太愿意告诉他，可能因为母亲的前身毕竟有缘故，不想去提吧。但以津村的心情来说，自己的母亲是曾经走过狭窄巷弄的人这回事，只有增加他的怀念之情，并不感觉有什么不名誉或不愉快。何况婚是在十五岁时结的，尽管是早婚的时代，可能母亲在那个圈子里被污染的程度尚浅，应该还不失为一个纯真的女孩子。因此才会生下三个孩子之多吧。而且天真无邪的少女新娘，可能也受过各种适合被迎娶到夫家成为世家主妇的修身美育。津村过去曾经看过母亲十七八岁时练习用的手抄琴谱、歌谱，那些都是用白色宣纸四折起来横抄列出歌词，行间以朱笔仔细写出的琴谱，呈现出美丽的书法流派笔迹。

后来津村到东京游学，自然和家人疏远了，但在那之间想知道母亲故乡的心反而更强烈了。老实说，他的青春期也可以说是在思念母亲中度过的。对于在街上擦肩而过的女人、小姐、艺伎、女演员等，并非没有怀过淡淡的好奇心，但他每次注意的对象，都是脸蛋和在照片上看过的母亲倩影多少有点共通感觉的人。他会舍弃学校生活回到大阪，并非完全只顺从祖母的意思，也被自己所憧憬的土地——能更接近母亲故乡的地方，和她曾经短暂度过一半生涯的岛之内家——所吸引的关系。而且再怎么说，因为母亲是关西女子，因此在东京街上遇到像她的女子很稀少，但在大阪，却经常能遇到。可恨的是，只知道母亲长在花街，却不知道是什么地方，虽然如此他为了能遇到母亲的幻影而接近花柳界的女人，亲近茶馆酒肆。因这些事情而暗恋上一些别人的恋人。虽然赢得了“爱玩”的花名。却只不过因为恋母情结所致，其实一次都没有深交过，所以到现在依然继续保持童贞。

过了两三年，祖母就去世了。

祖母去世后的某一天。他想整理遗物而打开储藏室里和服衣橱的抽屉时，终于在祖母的手笔文件之间，发现夹杂着从来没见过的旧文件和旧书信。好像是母亲还在奉公时代，父母亲之间所来往的情书，从大和老家的亲娘寄给母亲的信和琴、三味线、插花、茶道的修业证书等。情书有三封是父亲，两封是母亲写的，全是沉醉于初恋的少年少女幼稚的悄悄话往来，不过可以感觉到始终避开外人耳目的情况。尤其母亲的书信上有“……愚蠢的我未曾考虑到您的心情便寄上书信请稍加体谅……”或“您不只告诉我一件事情，我觉得很高兴，让我也向您表白羞耻的身世……”，以十五岁少女来说，运笔虽然生涩，然而用语却也颇为早熟，令人自然想到当时男女的早熟情况。其次故乡寄来的只有一封，收件人写着“大阪市新町九轩粉川先生转阿澄收”。寄件人为“大和国吉野郡国栖村窪垣内昆布助左卫门内”，开头写着“本次汝之孝心感人，兹书此信问候，天气逐渐转寒，未知汝是否晨昏无恙，家中一切安好，请放心。务必恭敬尊称对方父亲母亲诚心感激……”对馆主一定要尽孝心，要努力学习游艺功课，切勿贪图他人之物，对神佛要有虔诚信心等，记有数条带有教训意味的事项。

津村坐在满是灰尘的储藏室地板上，在昏暗的光线下，反复读着这些信件。回过神时，天色已经暗下来，于是又把那拿到书房去，在电灯下展开来。从前，可能是三四十年前，在吉野郡国栖村的农家，蹲在油灯的幻影下，强睁着昏花的老眼，给女儿细细写信的老妇身影，浮现在这超过二寻[①]的长卷信纸上。虽然书信用语和平假名用法，许多地方可以看出乡下老妇笔下不够严谨

① 约三米。

的地方，但字体还不算拙劣，颇有书法流派端正笔锋所舒展的笔意，并非完全没有恒产没有教养的贫农百姓。但，可以察觉由于某种困难的情况，必须以女儿筹钱。可惜只写出十二月七日，并未记载年号，不过这可能是女儿到大阪之后的第一封信。但由此也可看出随处流露对老后处境心虚的地方。看得见“这是为母的遗言”或“就算这边已经不在了，也会保佑你的身子”的句子。在担心不可以做这个那个之间，有趣的是，还长长地训诫，不可以浪费纸张，“这纸张也是为母和阿利手漉的纸，务必一定要随身携带好好珍惜。无论汝身生活多么奢华，唯有纸张千万不可糟蹋噢。为母和阿利在漉这纸时每天手泡在水中，指尖红肿冻裂，快断了，非常非常辛苦啊”，一连写了二十行之多。津村因此得知母亲娘家是漉纸为业。也知道母亲家人之中好像有姐姐或妹妹，名叫“阿利”的妇人。此外也看到有一位叫“阿英”的妇人。写着“阿英每天去积雪的山上挖葛根以便赚钱存旅费去探望你，请期待吧”。还有“想念孩子的父母心情黯淡不知如何是好，于是越过那黑暗岭”，和歌最后这样写着。在这歌里提到的“黑暗岭”这地方，是从大阪要翻越到大和的路上，在还没有火车的时代，大家都得翻越那座山岭。山顶上有一座什么寺，那儿是出杜鹃鸟闻名的地方，因此津村中学时代也去过一次，应该是六月左右的某一夜，在还没天黑之前来到山区，在寺里住了一夜，清晨四五点左右，感觉纸门外开始微微泛白时，忽然不知从后山何处，传来一声杜鹃的啼声。于是接着，可能那同一只鸟，或其他杜鹃又发出两三声，——最后变成不再稀奇的啼声。津村读到这歌，忽然想起，当时没什么感觉地听过去的杜鹃啼声，现在却开始怀念起来。

而且觉得古人把那鸟啼比拟成故人的灵魂，或称“蜀魂[①]”或称“不如归”，真是非常贴切的联想。

不过老婆婆的信让津村感觉最稀奇的原因是另外一点。也就是说，这位妇人，相当于他的外婆，在文中竟频频提到狐狸。“……往后你应该要每天早晨去拜府上的稻荷神和白狐命妇之进，正如你所知道的，只要你爹一呼唤，狐狸就会像那样走到旁边来，这都是一心相信的缘故……”或提到“因此要知道这次的事情也都是托白狐的福，但愿往后你一定要每天虔诚祈祷阖府家运长久昌隆无病无痛……”从所写的这些事情看来，就知道外婆夫妇对稻荷神的信仰非常坚定。推察所谓“府上的稻荷神”，可能是在宅院中建了小祠供奉着。而那名为稻荷的使者“命妇之进”的白狐，也可能在那小祠附近的某处筑巢。至于说到“正如你所知道的，只要你爹一呼唤，狐狸就会像那样走到旁边来”，真的那白狐会听外祖父的声音而从洞穴里现身出来，或灵魂会附在外祖母或外祖父身上，虽然不清楚，但可想而知外祖父这个人可以自由唤出狐狸，而这狐狸似乎经常跟随在这对老夫妇身旁，左右着一家的命运。

津村把写有“这张纸也是为母和阿利手漉的纸，你务必一定要随身携带好好珍藏”的那纸卷，真的随时带在身上。至少如果真的是明治十年以前，母亲被卖到大阪之后不久所寄的信的话，应该已经经过三四十年的那纸张，虽然已经像被隔火烤得焦焦黄黄地变色了，但纸质却比现在的东西肌理更细致，更坚实。津村把那纸张里

---

① 鸟名，指杜鹃。《昭明文选》中李善注引《蜀记》曰：“昔有人姓杜名宇，王蜀，号曰望帝。宇死，俗说云宇化为子规。子规，鸟名也。蜀人闻子规鸣，皆曰望帝也。”

所穿过的细密而扎实的纤维纹路，透着日光细看，想起“为母和阿利在漉这纸张时，每天手泡在水中，指尖红肿冻裂，快断了，非常非常辛苦啊”，感觉到那仿佛老人的皮肤般薄薄的一张纸片中，正包含着生下自己的母亲的血。想必母亲在新町的公馆收到这封信时，也像自己现在所做的一样，把这宝贝兮兮地贴身带着，想到这里，那“发出昔人袖香”的文壳封套，对他来说就成为倍加怀念的珍贵纪念了。

后来津村就以这些文书为凭据，开始探寻母亲生家的过程，就不必再赘述了。毕竟说来那已经是离当时三四十年前的事了，而且正好遭遇维新前后剧变的时代，所以无论是母亲被卖到新町九轩的粉川家，或出嫁前暂时入籍的今桥浦门养父母家，现在都已亡故消失，无从追查了。结业证书上署名的茶道、插花、琴、三味线等的师傅家，也都断绝了，结果前述文书成为唯一的线索，到大和地方的吉野郡国栖村去寻找既是快捷方式，也是唯一的方法。因此津村在自己家祖母去世的那年冬天，做过百日忌日的法事之后，也没告诉亲近的人真正目的，便以独自飘然出门旅行的模样，毅然到国栖村去了。

和大阪不同，乡下地方应该没有多激烈的变迁。何况同样说乡下，还是接近深山尽头的吉野郡偏僻地方，因此就算是贫穷的农家也不会只在两代或三代之间就消失无踪。津村内心忐忑不安地怀着这样的期待，在晴朗的十二月某天早晨，从上市雇了一辆车，就从今天我们走来的这条街道赶往国栖。在看得见令人怀念的乡村农舍时，最先吸引他眼光的，是到处屋檐底下正在晾干的纸。仿佛渔村里在晒海苔般的模样，长方形的纸整齐地排在板子上竖立着。眺望着那雪白的纸板散布各处，街道两侧、丘陵阶梯上，高低错落，在冷冷的日光下闪闪反射时，他眼眶里不由得浮出眼泪。

这里就是自己祖先的土地。自己现在正踏在长久以来梦寐思念的母亲故乡的泥土上。这历史悠久的山间村落，在母亲刚出生时，应该就是像现在眼前所见的和平景象吧。四十年前的日子，和昨天这日子，在这里应该是同样的清晨、同样的黄昏。津村感觉好像来到和“昔日”仅一墙之隔的地方了。只要眼睛一闭上的短短瞬间，再睁开时，母亲可能就在那边某个地方的篱笆内，混在一群少女之间一起游戏着也不一定。

在他最初的预想中，因为“昆布”是稀奇的姓，因此以为应该立刻就会知道的，但到了洼垣内这个里一看时，却发现此地“昆布”这个姓非常多，因此很难找到想找的那家。没办法只能和车夫两人一家家拜访姓昆布的人家，但名叫“昆布助左卫门”的人，以前怎么样不清楚，现在据说一个也没有。后来一家糖果店里走出一位老人站在屋檐前指着说“那么或许那一家会知道”，所指的是街道左侧稍高的台阶上，看得见的一栋茅草屋顶的人家。

津村让车夫在糖果店前等候，自己则往缩进半町左右缓缓上坡的路走上去。虽然是骤然变冷的早晨，但那儿有和缓后山斜坡环绕，寒风吹不到，在温暖的阳光普照下自成一廓的三四家人全都在漉着纸。登上斜坡的津村，发现那山丘上每家年轻女子都暂时停下手上的工作，稀奇地俯视着这一带没看惯的都会风采青年绅士走上前来。漉纸似乎是年轻女孩和媳妇们的手工作业，在院子里工作的女孩子们头上几乎都绑着头巾。津村在那样的纸和头巾洁白清爽的反光中，走近人家所指那间房子的屋檐前站定。仔细一看，门牌上写着“昆布由松”，并没有助左卫门的名字。主屋右侧，建有一栋像仓库般的小屋，那边地板上有个十七八岁的女孩趴在上面，双手泡在淘米汁般颜色的水中，一面摇摆木框，一面哗地捞起来。木框里白色的水筛过蒸笼下铺着的帘子般，沉淀成纸张的形状时，女孩便照顺序把木框排在地板上。然后又再把木框泡进水中。朝外的小屋木门是敞开的，津村一边伫立在一丛开始枯萎的野菊矮篱外，一边眺望着之间，女孩已经手法利落地漉完两三片木框。身材苗条，有乡下姑娘的结实强健，骨架粗壮，个子高大。脸颊看来健康紧实，年轻而光泽焕发，不过更吸引津村心的，是她那泡在白色水中的手指。原来如此，难怪信上写着“指尖红肿冻裂”。但那被寒冷折磨得红肿起来伤痕累累的手指，依然挡不住妙龄女子与日俱增的青春气息，令人感觉到一种惹人怜爱的美。

这时候，注意力忽然转移，眼睛看见主屋左侧角落有一座古老的稻荷小祠。津村的脚步不禁踏进围墙里去。并走向从刚才就在庭院前晾着纸张，看来就像这家主妇的二十四五岁妇人前面。

主妇听了他的来意之后，由于理由实在太唐突了，一时显得有些迟疑，但在看过拿出来佐证的信之后，似乎逐渐明白了。“我不太清楚，请当面问老人家吧”，说着去叫主屋深处六十左右的老妇。就是信上所提到“阿利”，相当于津村母亲姐姐的妇人。

这位婆婆在他热心的询问下，一边提心吊胆，一边从缺了牙的口中慢慢追述，断续拉回逐渐消失中的记忆线索。其中有些完全遗忘无法回答，有些应该是记错的，有些是顾忌着不说的，有些是前后矛盾的，虽喃喃细语但漏风的声音很难听清楚，很多地方反复追问了几次都不得要领，泰半只能凭这边的想象来填补，但总之这样津村所得知的事情，也已经足够解开他二十年来关于母亲的疑问了。虽然这婆婆说母亲被送到大阪应该是庆应年间，但今年六十七岁的婆婆说当时她是十四五岁，母亲是十一二岁时，因此不用说是明治以后的事情。所以母亲在新町奉公也仅有两三年，顶多不过四年。就嫁到津村家来了。从阿利婆婆的口气听来，可以察知昆布家当时虽然因穷困所逼，但仍然是相当重视名声的世家，所以应该是尽量隐瞒把女儿送到那种地方去奉公的事。而且女儿在奉公期间自不必说，即使是在嫁入豪门之后，一来因为女儿感到羞耻，一来自己也觉得羞耻，于是便不太来往了吧。此外，当时在花街奉公，无论是艺伎、游女、茶店女，或其他女子，一旦签下卖身契后，习惯上就和亲生爹娘断绝关系，往后女儿就是“管吃管住的奉公人”，无论事情如何发展，娘家都无权干涉。但依婆婆模糊的记忆，妹妹和津村家结缘之后，她母亲好像曾经到大阪去见过一次或两次，还语带惊奇地述说着已经熬出头当上大户人家少奶奶的女儿的遭遇，而且据说还带话要她阿利也务必去大阪找她，不过总不能一副穷酸模样到那种地方去，妹妹也没有再返回过故乡，因此她终于没看过成人以后的妹妹，后来她妹婿过世，妹妹过世，自己双亲也过世，从此以后和津村家的往来就更断绝了。

阿利婆婆称呼她的亲妹妹——津村的母亲以迂回的用语称为“您的母亲大人”。这可能出于对津村的礼貌，也可能是忘了妹妹的名字。问起“阿英每天到积雪的山上去挖葛根”的那位“阿英”是谁时，说是大女儿，阿利是二女儿，幺女儿就是津村的母亲阿澄。但，由于某种原因长女阿英嫁出去了，阿利招赘继承了昆布家的家业。而且现在那位阿英和阿利的丈夫都过世了，这个家现在由儿子由松这一代在主持。刚才在庭前应对津村的妇人正是由松的妻子。因此，阿利的母亲生前应该保存有少许和澄女有关的文件和书信，但已经过了三代的今天，几乎都没留下像样的东西了。——阿利婆婆这么说了之后，又像忽然想起来似的，站起来打开佛坛的门，拿起一张摆饰在牌位旁的相片来出示。那是津村也记得看过的，母亲当年拍摄的手札大小①的胸像，他自己也复制了一张珍藏在相簿里。

“对了，对了，您母亲大人的东西，——”

阿利婆婆随后又想起什么似的补充道。

“除了这张相片之外，还有一面琴。母亲说这是大阪女儿的纪念品，一直珍藏着，很久没拿出来看，不知道变怎么样了……”

津村听说，到二楼的储藏室找的话应该会有，为了让他看看那琴，而等候去田里工作的由松回来。于是趁那空当到附近去吃个中饭再回来时，自己也帮年轻夫妇的忙，把那满布灰尘又大又笨重的东西搬出明亮的屋檐下。

为什么这种东西会传到这个家里来呢？掀开覆盖着的褪色防水油布时，底下出现的是，虽然古旧却有非常华丽莳绘的本间琴②。莳绘的花纹，除了琴甲之外，几乎全面画满了，两侧的“矶③”似

---

① 照片相纸的尺寸 10.5 厘米×8 厘米。

② 日本一般习惯所称的琴，其实是筝。生田流的本间琴长六尺三寸。莳绘源自唐朝传入日本的中国漆器。从这基础融合韩国的螺钿工艺、越南的粘贴工艺和日本的绘画形成现在的莳绘艺术。

③ 海、湖的岸。多指多石的海岸。

乎是住吉[1]的景色，一侧松林中搭配有鸟居和拱桥，一侧海滨的波浪间画有高灯笼和矶驯松[2]。从“海”往“龙角”和“四分六”一带有无数千鸟飞翔着，“荻布”一侧，“柏叶”下方五色云彩之间可以隐约看见仙人的姿态。而且那些莳绘颜料的色彩，在桐木质地经历长久年代之后显得暗沉，而更加散发出沉稳悦目的高尚光泽。津村拂拭掉油布上的尘埃，重新查看那绘染的花纹。底纹可能有双层，表面上方是红地反白的八重梅[3]纹，下方则画有唐朝美女坐在高楼上弹琴。楼柱两侧高挂着“二十五弦弹月夜”、“不堪清怨却飞来”的对联。内侧飞雁行列出现的旁边，可以读出“彩云如路琴柱似雁成群飞”的文字。

然而，八重梅并非津村家的家纹，难道是养父家的家纹，或说不定是新町公馆的家纹。或许在嫁到津村家时，已经成为不再使用的花街时代的纪念品而送回乡里吗？那个时分，娘家可能正有妙龄女孩，为了给那女孩于是请老家的外祖母带回去，也有可能。或者出嫁之后，还长久留在岛之内的家中，由于她的遗言或某种原因而送回老家也未可知。但，阿利婆婆和年轻夫妇对这些原由都一无所知。只想到好像附有书信之类的东西，但现在也没看见了，只记得听说这是从“给大阪的人”那儿送来的东西而已。

另外，还有一个附属的小桐盒，里面收着琴柱和琴爪。琴柱是泛黑的坚硬木质，也一一画上莳绘。琴爪方面，似乎用得很多，有被手摩擦过的痕迹，过去母亲的纤纤玉指曾经戴过的琴爪，津村十

---

① 大阪南部海边地名。

② 海滨松树因受强劲海风持续吹袭，枝干往往倾斜低垂，树姿优雅。

③ 复瓣梅花。

分怀念，忍不住拿起来往自己的小指头上套套看。幼年时，在一个房间里有一位高雅的妇人和检校正在弹着《狐哙》的场面，瞬间闪过他的眼角。虽然那位妇人可能不是母亲，琴也可能不是这面琴，但这首曲子母亲大概也弹过、唱过几次。如果可能，自己想把这乐器修好，在母亲的忌日请个适当的人来弹《狐哙》的曲子，从那时候开始津村就这样想。

至于庭院的稻荷小祠，因为代代都当作守护神一直在祭拜着，因此年轻夫妇也证明那确实就是信上所写的没错。不过，现在家里已经没有人能够使唤狐狸了。由松小时候，虽然听说祖父经常会做那样的事情，不过所谓"白狐之命妇进"[1] 则不知道在哪一代已经不再现身了，只剩下小祠后方栎树下从前狐狸栖息的洞穴还在而已，津村被带过去一看，只见洞穴入口现在寂寞地悬挂着注连绳[2]。

——以上的事情，是津村祖母去世那年的事，从他在宫泷之岩上告诉我时，又往前追溯两三年。而在那期间他给我的信上所写的"国栖的亲戚"，指的就是这位阿利婆婆一家。因为，再怎么说阿利婆婆对津村来说是母亲的姐姐等于阿姨，而她家就是母亲的娘家没错，所以后来他重新和这一家亲戚开始来往。不仅如此，还提供生计上的援助，为阿姨增建了厢房，帮他们扩建漉纸工厂。托他的福昆布家虽然从事的是小小的手工业，不过规模则明显地扩大了。

---

① 自古以来日本人视狐为神，早在和铜四年(711 年)就出现稻荷神的最初文献。后来狐成为稻荷神的使者或眷属，甚至被授予可以出入朝廷的命妇之格。江户时代稻荷神被公认为商业神，受到大众欢迎，稻荷神社急速增加，一般人以为稻荷神就是狐。今天稻荷神社所祭祀的多半就是白狐。

② 以干燥后的稻草和稻梗编织成的绳，常见于神社，作为神圣场所和下界的区别，用以辟邪。

之六　入之波

“那么，这次旅行的目的是？——”

两个人忘了周遭薄暮已经降临，还在那巨岩上休息，当津村的漫长故事告一段落时，我问。

“你来找那位阿姨，是有什么事情吗？”

“不，现在这话题，还有一点下文呢。——”

眼底下的岩石上溅起激流的白色泡沫，在黄昏夕暮中几乎难以辨认，但我依然能从轻微的迹象感觉到津村一边这么说着，脸一边微微泛红起来。

“——我说过，第一次站在姨母家的围墙外时，看到里面一个十七八岁的女孩子正在漉纸对吧？”

“嗯。”

“那个女孩子，据说其实是另一位姨母——去世的阿英婆婆的孙女。她那时候正好到昆布家来帮忙。”

正如我所推测的那样，津村的声音逐渐变得不安起来。

“就像刚才也说过的那样，那女孩子完全是个乡下姑娘，绝对算不上美或可爱。因为是在那样寒冷的天气之下做着泡水的工作，所以手脚也不优雅，毫不保养粗糙得很。但我可能因为受到那封信的词句所暗示的‘指尖红肿冻裂，快要断掉’的影响，从第一眼看到泡在水中红红的手时，就开始奇怪地喜欢上那女孩子了。而且，说起来，她的容貌某方面和我在相片上看到母亲的脸有相似的地方。毕竟她的生长环境不同，属于女佣型也是没办法的，但只要经过一番琢磨，或许能够成为最像我母亲的人。”

“原来如此，那么她就是你的初音之鼓了。”

“嗯，是啊。——你觉得，怎么样？我想娶那个女孩子——”

那女孩子名叫阿和佐。是阿英阿姨的女儿阿元嫁给柏木附近的农家市田某，在那儿生下的孩子。由于家境不宽裕，因此小学毕业后就到五条町去当女佣。到了十七岁，又因家里人手不够而告假回家，后来就一直在家帮忙农事，冬天没有工作之后，就被叫到昆布家帮忙漉纸。今年应该也快来了，大概还没到。更要紧的是，津村想先向阿利阿姨和由松夫妇表明自己的意向，看结果如何，可能即刻招呼她过来，或去她家拜访。

“那么，如果顺利的话，我也可以见到阿和佐啰。”

“嗯，这次旅行邀你来，也是务必想请你见一面，听听你观察的意见。毕竟境遇差别太大了，娶那女孩到底能不能幸福，这点多少有点不安，虽然我自信没问题。”

总之我催促津村从那岩石上站起来。然后，从宫泷雇了车子，到达当天晚上已经预订让我们过夜的国栖的昆布家时，已经完全入夜了。要写出我所见到的阿利婆婆和家人的印象、住宅的模样、造纸的现场等，难免冗长，且和前面重复，在这里就省略了。不过说到两三件还记得的事，就是当时这一带还没有电灯，家人围着大炉子在油灯下谈话，一副山中人家的模样。围炉烧的是橡树、栎树、桑树的薪柴，桑树的柴烧的火最持久，热度也柔和，因此烧了很多桑柴，如此奢侈在都会里实在难以想象，令我感到惊讶。炉子上方的横梁和屋顶底下，被熊熊烈火的烟熏得像刚漆过的焦油般漆黑油亮。而且最后，宵夜的膳盘所端出来的据说是熊野的鲭鱼，非常美味。那是把在熊野的海边捕获的鲭鱼，用小竹叶串起来翻山越岭过来卖的，途中经过五六天到一星期左右之间，自然风化成鱼干，听说有时那鲭鱼还会被狐狸叼走——之类的。

第二天早晨，津村和我商量过后，决定暂时各自分头采取行动。津村提出自己的重大问题，说服昆布家的人，希望能帮他把好事谈妥。在那期间我留在这里反而碍事，因此为了收集上述小说的资料，预定往吉野川源流地方更深入探访五六天。第一天从国栖出发，往东川村凭吊后龟山天皇的皇子小仓宫①的陵墓，经过五社岭进入川上的村庄，到柏木住一夜。第二天越过伯母峰岭，到北山的村庄河合住一夜。第三天到自天王的行馆遗迹小橡的龙泉寺，参拜北山宫的陵墓等，登大台原山②，在山中住一夜。第四天经过五色温泉探访三之公峡谷，如果去得成就到八幡平、隐平去看看，或在樵夫的小屋借住一宿，或出到入之波住。第五天从入之波再折回柏木，当天或翌日回到国栖。我向昆布家的人请教过后，大致拟定了这样的行程。并和津村约好再见面，祝福他顺利成功后便出发了，

---

① 后龟山天皇的皇子。后龟山天皇临终前要求儿子小仓宫恒敦继承自己遗志，从持明院统（北朝）手中夺回皇位。后龟山的后代先后自称天皇，即后南朝运动。

② 大台原山位于奈良县与三重县的交接处，为三重县最高峰。许多顶部平坦的山构成东西向长约五公里左右的山块，被称为大台原。

临走时津村说，他自己也可能会到柏木的阿和佐家去，因此为了慎重起见希望我回到柏木时也经过阿和佐家看看，他说就在这样这样的地方。

我的旅行几乎照预定行程顺利进行。据说那伯母峰岭的难走山路最近都已经有共乘汽车通行，到纪州的木之本不用走路就能出得去了，和我旅行的时分真的感觉恍如隔世。但幸亏天气晴朗，获得比预料中多的资料，到第四天为止，对道路的险峻和难行都感觉“没什么嘛”，轻易过关，真正伤脑筋的是在进入那三之公谷时。不过，在进入那地方之前，就听说“那山谷是不得了的处所”或“哦，大爷您要往那三之公去啊”，往往被人这样问，所以我也预先有所觉悟。因此第四天把行程稍微改变，在五色温泉住宿，请了一位导览者带路，打算第二天清晨才出发。

路，是沿着从大台原山发源的吉野川往下游走，来到与另一条溪汇合称为二之股一带时，分成两条，一条笔直往河口入之波，一条往右转，从这儿渐渐进入三之公谷。往入之波去的大路称为“道”没错，但转入右边的这条小路却进入茂密幽深的杉林中，只留下仅仅隐约可以辨识人的足迹的小径而已。何况前夜才刚下过雨，二之股川的河水骤然高涨，独木桥沉入水中或即将崩塌，我在激流逆卷的岩石上东跳西跳，有时还不得不用爬的才勉强过河。二之股川深处有“奥玉河”，从那儿涉水渡过地藏河滩，最后到达三之公川，川与川之间的路，两侧夹着不知几丈高的陡峭断崖绝壁，有些地方窄到双脚无法并行的地步，有些地方路完全断绝，从对岸的悬崖到这边的悬崖，有架独木桥，有悬挂栈板相连的，悬崖侧腹几度迂回转折。走在这样的地方，对山岳家来说也许是家常便饭的小事，但像我这样原来中学时代就非常不擅长器械体操，经常为单杠、攀岩、木马等运动而伤透脑筋的男生，当时虽然还年轻，不像现在这么胖，走平地还可以走个十里八里的，像这种艰难的路却必须动用四肢前进，因此问题不在于身体的强弱，而在全身运动神经的巧拙。一路上我的脸想必发青涨红过几次。老实说，要不是有导览陪同的话，我也许早就在二之股的独木桥边掉头折返了。一来因为在导览面前不好意思，一来因为踏出一步之后，要退后或前进都同样可怕，没办法只好硬着头皮颤抖着往前移步了。

就这样，那山谷间的秋色虽然景色美丽，但只顾凝视着脚底的我，唯有偶尔被从眼前飞过的大山雀振翅的声音惊起而已，十分羞耻并没有资格细述那风景。不过导览果然熟识环境，一边叼着烟管以椿树叶代替烟丝，一边轻松地度过险峻的道路，还遥指着谷底说明那是某某瀑布，那是某某岩石。

在某个地方说：

“那块岩石称为‘御前申’。”

再走一小段又说：

“那块岩石称为‘贝罗贝多’。”

我只惶恐地望着谷底，并没有看清楚哪一块岩石是贝罗贝多，哪一块是御前申，不过据导览说，从前王所住的山谷，一定有称为御前申的岩石，和贝罗贝多的岩石，所以四五年前从东京来的某权威人士，——不知是学者、博士，或官员，总之是一位卓越的人士来到这山谷考察，也是由他亲自导览的，当时因为被问到：“这里有称为御前申的岩石吗?”他说：“是的，有。”于是指出那岩石，然后又接着问道："那么有称为贝罗贝多的岩石吗？"又说："是的，有。"再指出那岩石，对方说："哦，原来如此，那么这里就是自天王所行幸过的地方没错。"于是满怀敬意地回去了，——话虽这么说，但不知那奇妙的岩石由来如何。

这位导览者另外还知道许多故事。据说从前京都方面的刺客潜入这地方时，因为无论如何都不知道自天王御所的所在地点，从一山搜过一山，一日偶然来到这峡谷，忽然看见这溪川，从川上流下黄金来，于是顺着这黄金流水追溯上行，结果找到王的御殿。王自从把御所迁移到北山之后，每天早晨洗脸时，照例会站在流过御所前的北山川的河滩上，但经常都有二位影武者随伺，分辨不清哪一位是王。杀手问起碰巧经过的村中老太婆，老太婆说："那个，口中吐出白气的就是大王。"因此杀手才能上前袭击摘下王的首级，然而据说老太婆往后的子孙世世代代都生出残障的孩子——

我在下午一点左右来到八幡坪的小屋，一边打开便当盒一边把那些传说记在手册里。从八幡平到隐平来回还有将近三里路，但这路反倒比早晨的路要好走。不过无论南朝的宫中人物如何为了避开人们的耳目，那深山峡谷也未免太不方便了。难以相信北山宫的御歌中所谓"落难之身隐于深山柴扉之中，心月相映也"所咏唱的居然会是该处。总之或许三之公与其说是史实，不如说是传说之地吧。

当天，我和导览在八幡平的山男之家借住一宿，还接受了兔肉的招待。而且，第二天，再顺着昨天走过的路回到二之股，和导览告别后独自出到入之波的我，虽然从这儿到柏木据说只有一里路，但听说这里的河边就有涌出的温泉，于是走到河边去想泡泡。二之股川合流的吉野川幅度多少宽些，溪流处悬挂着吊桥，走过去，就在桥下的河滩上果然涌着温泉。但伸手探了一下，温度只有稍微日晒过的水般微温程度而已，农家妇女们正在用那温水起劲地洗着萝卜。

“要不是在夏天，这温泉还是没办法泡。现在泡的话，那水，还是要汲取到那边的汤槽里，另外加热才行。”

女人们指着舍弃在河滩的铁炮风吕[①]浴槽这么说。

当我正回头看那铁炮风吕时，从吊桥上传来有人在呼叫的声音。

“喂。”

一看之下，津村身后带着一位姑娘，可能是阿和佐，正往这边过来。吊桥因为两人的重量而微微摇晃着，木屐声喀喀地响在山谷之间。

我所计划的历史小说，终于因为资料不足而没有写成，但不用说当时所见到桥上的阿和佐小姐，现在已成为津村夫人。因此那次的旅行对津村来说，收获比我顺利圆满。

① 日本木桶浴槽。榉木制造的大木桶附有烧柴的火炉和烟囱。因火炉和烟囱像铁炮而得名。

图书在版编目(CIP)数据

春琴抄/(日)谷崎润一郎著;赖明珠译.
—上海:上海译文出版社,2016.9(2025.7重印)
(谷崎润一郎作品系列)
ISBN 978-7-5327-7142-4

Ⅰ.①春… Ⅱ.①谷…②赖… Ⅲ.①中篇小说—小说集—
日本—现代 Ⅳ.①I313.45

中国版本图书馆CIP数据核字(2016)第005432号

春琴抄
春琴抄

图字:09-2012-615号

春琴抄
春琴抄
[日]谷崎润一郎 著
赖明珠 译
出版统筹 赵武平
责任编辑 刘 玮
装帧设计 柴昊洲

上海译文出版社有限公司出版、发行
网址:www.yiwen.com.cn
201101 上海市闵行区号景路159弄B座
上海市崇明县裕安印刷厂印刷

开本 890×1240 1/32 印张4 插页2 字数74,000
2016年9月第1版 2025年7月第9次印刷

ISBN 978-7-5327-7142-4
定价:35.00元